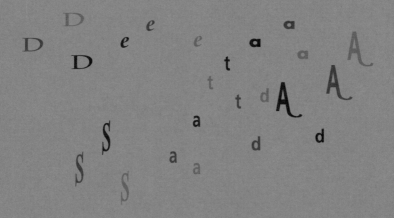

La escritura desatada
destos libros da lugar
a que el autor pueda mostrarse épico,
lírico, trágico, cómico, con todas
aquellas partes que encierran en sí las
dulcísimas y agradables ciencias
de la poesía y de la oratoria;
que la épica tan bien puede escribirse
en prosa como en verso. ✍

MIGUEL DE CERVANTES
El Quijote I, 47

UN VIAJE CON SORPRESA

CORNELIA FUNKE

UN VIAJE CON SORPRESA

Traducción de María Alonso

EDICIONES B
GRUPO ZETA

Barcelona • Bogotá • Buenos Aires • Caracas • Madrid • México D. F.
Montevideo • Quito • Santiago de Chile

Título original: *Die Wilden Huner auf Klassenfahrt*
Traducción: María Alonso
1.ª edición: octubre, 2005
Publicado originalmente en 1996 en Alemania por Cecilie Dressler
Verlag GmbH & Co. KG
Ilustraciones de cubierta e interiores: Cornelia Funke

© 1996, Cecilie Dressler Verlag GmbH & Co. KG
© 2005, Ediciones B, S.A.,
   en español para todo el mundo
   Bailén, 84 - 08009 Barcelona (España)
   www.edicionesb.com
   www.wilde-huehner.de
Impreso en España - Printed in Spain
ISBN: 84-666-2220-9
Depósito legal: B. 32.017-2005

Impreso por LIMPERGRAF, S.L.
Mogoda, 29-31 Polígon Can Salvatella
08210 - Barberà del Vallès (Barcelona)

*A Frederik, Anne, Simone, Sebastian, Lina,
Katharina, Hannes, Tina y todos los demás,
Gallinas Locas y Pigmeos.*

Un pequeño prólogo

Las que están ahí, a la izquierda, son las Gallinas Salvajes: Sardine y Frida —su mejor amiga—, la preciosa Melanie y a su lado Trude, que está un poco gordita y es la mayor admiradora de Melanie. Desde que a Sardine se le ocurrió la idea de formar una pandilla de chicas, a la que dieron el nombre de las Gallinas Locas, las cuatro han vivido un montón de aventuras juntas. Lo cierto es que al principio no se llevaban del todo bien. Pero después de convertirse en las Gallinas Locas, quedar todos los días después del colegio, beber té, dar de comer a las gallinas de la abuela de Sardine y resolver el misterio de la llave negra, se hicieron amigas. Amigas de las de verdad.

Ah, por cierto, en esta historia no se hablará sólo de su pandilla. Hay cuatro chicos que son compañeros suyos de clase. Se llaman los Pigmeos, llevan todos un aro en la oreja y hace mucho tiempo que están dándoles guerra a las Gallinas Locas... Hasta que un día cayeron, literalmente, en la red de las Gallinas, aunque ésa es otra historia...

Ahora hace cuatro meses que reina la paz entre Gallinas y Pigmeos. Según los chicos, unos meses terriblemente largos y aburridos...

Y en ésas que llegamos ya a una nueva historia. Así que, arriba el telón, y que salgan las Gallinas Locas.

—Aquí, aquí —exclamó Sardine, abriendo bruscamente la puerta del compartimento—. Venga, daos prisa.

Puso la bolsa de viaje en uno de los asientos, el abrigo en otro y se dejó caer en el que había junto a la ventana.

—¡Eh, vaya prisas! —protestó Frida, que casi se queda atascada en la puerta al entrar con su mochila llena hasta los topes.

—¿Dónde están las demás? —preguntó Sardine.

—Ahora vienen —respondió Frida mientras se esforzaba por colocar la mochila en el portaequipajes.

—Deja tu abrigo en el asiento que queda libre —le dijo Sardine—. Y cierra la cortina para que no entre nadie más.

Fuera, unos cuantos chicos de la clase intentaban avanzar por el pasillo. Fred le sacó la lengua a Frida, mientras Torte y Steve jugaban a ver cuál de los dos torcía más los ojos.

—¡Serán tontos! —dijo Frida, riendo. Luego puso la mueca más fea que pudo y comenzó a hacerles burla. Luego cerró la cortina. Los chicos dieron unos golpeci-

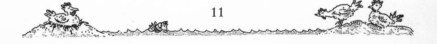

tos en el cristal y se apretujaron todos en el compartimento de al lado—. Bueno... —Frida se dejó caer de nuevo en el asiento—. Tenemos a los Pigmeos al lado. Están
todos menos Willi. Pero seguro que ya vendrá.

—Sí, puede ser divertido —dijo Sardine estirando sus
largas piernas sobre el asiento de delante.

La puerta del compartimento se abrió. Melanie, también conocida como la bella Melanie, asomó la cabeza
por la cortina.

—¿Qué, hay sitio para dos Gallinas más?

—Pasa —respondió Sardine—. ¿Está Trude contigo?

—Sí, claro. —Melanie arrastró una maleta gigantesca
hasta el interior del compartimento.

—Buenos días —murmuró Trude, soñolienta.

—¡Madre mía! —Sardine ayudó a Melanie a subir su
maleta al portaequipajes—. Pero ¿es que llevas todas tus
cosas? ¿Te has traído el armario entero, o qué?

—Ja, ja. —Melanie se sentó junto a Frida y se apartó
los rizos de la frente—. Bueno, me he traído un poco de
ropa, es normal. En la playa nunca se sabe el tiempo que
va a hacer.

Sardine se encogió de hombros.

—Lo más importante es que te hayas acordado de la
cadena.

—Claro, pero ¿qué te has creído? —Melanie sacó
brillo a sus zapatos de charol con un pañuelo de papel.
De su cuello colgaba una cadenita con una pluma de gallina idéntica a las de las otras tres, con la única diferencia
de que el collar de las otras era de cuero.

Las plumas del cuello eran la insignia de la pandilla y
sólo podían llevarlas las auténticas Gallinas Locas.

—Creo que ya nos vamos —observó Trude.

Tras una sacudida, el tren se puso en marcha. Muy lentamente abandonaron la oscuridad de la estación y salieron a la luz del sol.

—Hace un tiempo ideal para nuestro viaje a la isla, ¿verdad?

Melanie sacó una bolsa de golosinas y ofreció a las demás.

—¿Queréis? Espero que en este viaje nos lo pasemos en grande.

Sardine y Frida cogieron unas cuantas golosinas, pero Trude negó con la cabeza.

—No, gracias. Estoy a dieta.

—Y eso, ¿desde cuándo? —preguntó Sardine.

—Desde anteayer. —Avergonzada, Trude comenzó a juguetear con su flequillo—. Ya he adelgazado medio kilo, o casi.

—¿A dieta en un viaje de curso? —se rió Melanie—. No es mala idea. Con la bazofia que nos espera...

—Pues sí. —Sardine miró por la ventana y escribió su nombre en el cristal polvoriento. El tren pasaba por un puente. Debajo, la luz del sol se reflejaba en el agua sucia del río—. ¿Sabéis una cosa? Estoy muy nerviosa.

—Ah, ¿sí? Pero si ayer intentaste convencernos a todas para que dijéramos que estábamos enfermas y nos quedáramos en casa —replicó Frida.

—Sí, pero eso era ayer —contestó Sardine—. Ayer era ayer.

Al lado, los Pigmeos cantaban canciones de fútbol.

—Desde luego, no es que tengan mucho oído —comentó Melanie—. ¿Qué os parece si cantamos algo nosotras?

—¡Oh, no! —protestó Sardine—. A nosotras déjanos tranquilas.

—Melanie tiene una voz muy bonita —intervino Trude—. Hasta canta en un coro. Es primera soprano.

Trude era la fan número uno de Melanie. La admiraba profundamente. Durante las veinticuatro horas del día.

—¡Oh, genial! —Sardine torció el gesto con sarcasmo—. Pero como cante aquí, yo me tiro por la ventana.

Melanie acababa de abrir la boca para replicar algo no muy agradable cuando llamaron a la puerta.

—El revisor —susurró Trude—. Ay, Dios, ¿y ahora dónde he metido yo el billete?

Pero era Torte, el componente más pequeño y ruidoso de los Pigmeos.

—¡Hola, bichos con plumas! —exclamó—. Tengo un mensaje para vosotras.

A continuación lanzó al regazo de Frida una hoja de papel enrollada, hizo una reverencia y volvió a cerrar dando un portazo.

—Oh. —Melanie puso cara de resignación—. No me extrañaría que fuese una carta de amor. Hace tiempo que Torte está enamorado de Frida.

—¡Qué tontería! —murmuró Frida, que a pesar de todo se puso roja como un tomate.

—Torte también le ha escrito algunas cartas de amor a Melanie —musitó Trude en tono de misterio.

—Bah, pero eso fue hace mil años —replicó Sardine—. Venga, Frida, léela de una vez.

Frida desenrolló la hoja con desgana. Las demás Gallinas se inclinaron hacia ella con curiosidad.

—Pues no, no es una carta de amor —afirmó Sardine—. Es la letra de Fred.

Fred era el jefe de los Pigmeos.

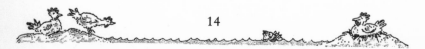

—«Aviso para las Gayinas Salvajes» —leyó Frida en voz alta—. ¡Jolín! Ni siquiera sabe cómo se escribe «Gallinas». Tendrían que llamarse directamente los Analfabetos.

—¿Un aviso de qué? —preguntó Trude. Inquieta, se colocó bien las gafas.

—Un momento. —Frida extendió la hoja de papel—. No creas que es tan fácil de descifrar. «Los temidos Pigmeos os informan de que el acuerdo de paz con las Gayinas Salvajes no tiene validez en lugares desconocidos. Así que id con cuidado, Gayinas. Firmado: los Pigmeos.»

Frida levantó la cabeza.

—¡Oh, no! ¡Otra vez no!

—¡Me lo imaginaba! —exclamó Sardine dando una palmada—. Genial, se van a arrepentir.

—Pero en el barco todavía vale el acuerdo de paz, ¿no? —preguntó Trude.

Sólo de pensar en el ferry que iba a llevarlos a la isla, le venían todos los males.

—Lo digo por que no me roben las bolsas de vomitar. Seguro que me mareo.

Sardine se encogió de hombros.

—Yo diría que eso se puede negociar. Lo hablaré con Fred.

—De todas formas, esos ferrys no se balancean mucho —la tranquilizó Frida.

—Y además... —dijo Melanie entre risas—, además no te vendrá mal para la dieta.

Al oírlo, Trude se limitó a sonreír con cara de disgusto.

Trude se mareó en el viaje. Y eso que aquel día el mar estaba tranquilo y en el viejo ferry donde viajaron no se notó el más mínimo balanceo.

Pero Trude no fue la única. También la señorita Rose, su maestra, desaparecía a cada momento para ir al baño; y Steve, el mago de la familia de los Pigmeos, no fue capaz de hacer ni un solo truco. La cara se le puso enseguida tan verde como el suelo de la cafetería.

Mientras que Trude estuvo toda la travesía en el apestoso cuarto de baño del ferry, Melanie se pasó todo el rato jugando a las maquinitas con Fred y Torte. A Sardine aquello le pareció de muy mal gusto después de que los Pigmeos hubieran roto el acuerdo de paz, pero no tenía ganas de enfadarse, así que decidió salir con Frida a cubierta. Contemplaron el mar y dejaron que la brisa salada les acariciara la nariz. La sensación fue maravillosa. Frida se alegraba de pasar unos días fuera de casa, ya que desde que su madre había empezado a trabajar, tenía que pasar más tiempo aún cuidando a su hermano pequeño. Y Sardine..., Sardine tenía la sensación de que

no había nada mejor que asomarse por la borda de un barco y contemplar el mar con su mejor amiga. Y Frida era su mejor amiga.

—No estaría nada mal ser una gaviota, ¿no crees? —dijo Frida—. Me parece que me gustaría.

—Pero entonces tendrías que pasarte todo el día comiendo pescado crudo —respondió Sardine. Se inclinó sobre la borda del barco y escupió a las olas grises que tenían debajo—. Yo creo que preferiría ser pirata —prosiguió—. En un barco gigante, donde se oyera el traqueteo de las velas al viento y el rechinar de los cabos. Dormiría todos los días en la cofa, hasta que me supiera todas las estrellas de memoria.

—No suena nada mal —suspiró Frida. Entrecerró los ojos para protegerlos del sol—. Mira ahí delante. Creo que ésa es nuestra isla.

Del barco subieron directamente a un autobús. Cuando éste se detuvo al fin delante de la granja escuela, era ya mediodía.

Después de la travesía en barco, la señorita Rose seguía sintiendo un cierto temblor en las piernas, pero aun así consiguió que toda la clase se agrupara a su alrededor sin armar demasiado alboroto. El señor Staubmann, profesor de lengua y «acompañante del sexo masculino» en este viaje, pululaba por allí, como siempre, con cara de despiste.

—Bueno. —La voz de la señorita Rose sonó más temblorosa que de costumbre—. Las habitaciones están en el primer piso, en el pasillo de la derecha. Id para allá con calma, sin empujones. Hay camas para todos. Ahora

subid el equipaje en silencio a las habitaciones y a las cuatro nos vemos en el vestíbulo y daremos un paseo por la playa, ¿entendido?

—¡Un paseo por la playa! —Torte puso cara de desaprobación—. No suena muy emocionante.

La señorita Rose le hizo callar sólo con la mirada. En eso era toda una experta.

—¿Y la comida? —preguntó Steve, preocupado. Había recuperado su habitual tono rosado.

—Aquí se come a la una en punto —respondió la señorita Rose—. Así que hoy no nos darán de comer. Por eso tenéis que llevaros la comida que habéis traído para el viaje.

—Pero es que yo ya me la he comido —protestó Steve en tono lastimero.

—¡Y la has vomitado! —añadió Fred con una amplia sonrisa sarcástica.

—No vas a morirte por eso, Steve —gruñó Willi—. Tu reserva de grasa aguantará hasta el bocadillo de la cena.

Steve se ruborizó y la señorita Rose dio unas palmadas.

—Venga —dijo—, a las habitaciones. El señor Staubmann y yo pasaremos después a hacer la ronda.

—¡Vamos! —le susurró Sardine a las demás Gallinas Salvajes—. La primera habitación ha de ser para nosotras.

Salieron corriendo a toda prisa, aunque con la gigantesca maleta de Melanie no resultaba nada fácil. A pesar de que Trude la ayudó a acarrearla, en la escalera las adelantaron algunos compañeros. Cuando las Gallinas Locas llegaron arriba, la primera habitación ya estaba cogida. En la siguiente había dos chicos.

Sin aliento, Sardine se abalanzó a por la tercera.

—¡Vaya hombre! ¡Habitaciones de seis! —maldijo—. ¿Son todas de seis?

Frida y Melanie entraron y echaron un vistazo.

—Bueno, yo me pido la cama de arriba —dijo Melanie—. Abajo no puedo respirar.

—Yo me quedo con esa de ahí. —Sardine levantó su bolsa para ponerla encima de la litera de arriba, que estaba junto a la ventana—. ¿Vale?

—A mí me da igual —dijo Frida, y dejó su mochila sobre la cama de abajo.

—Y Trude, ¿dónde se ha metido? —preguntó Sardine, algo inquieta. Ya habían asomado la cabeza unas cuantas personas, aunque nadie había entrado en la habitación todavía.

—A Trude se le ha abierto la bolsa —contestó Melanie mientras se metía un chicle entre sus dientes, blancos como la nieve—. En mitad de la escalera. Está recogiendo todas sus cosas.

—¿Y tú la has dejado sola? —preguntó Frida—. Encima de que ella te ha ayudado a cargar con tu maleta.

—Es que yo tenía que traer primero mis cosas a la habitación —respondió Melanie indignada.

—Voy a ayudarla. —Frida salió corriendo.

—¿Y cómo voy a guardaros yo sola todas las camas? —exclamó Sardine tras ella.

—Bah, ya os las arreglaréis —contestó Frida. Y a continuación desapareció.

Melanie y Sardine se miraron.

—Oye, no me mires así —gruñó Melanie—. Otra vez tengo yo toda la culpa, ¿no?

La puerta de la habitación volvió a abrirse. Tres chicas de la clase se asomaron a mirar.

—¿Queda alguna cama libre? —preguntó con timidez una de ellas, que se llamaba Wilma. A su lado estaba Matilda, que era nueva en la clase.

—Claro que quedan —contestó Nora, la tercera. Se puso delante de las otras dos para entrar en la habitación.

—No, no hay sitio. —Sardine les cerró el paso, decidida—. Todavía tienen que venir Frida y Trude.

—¿Y qué? —Nora lanzó su bolsa a la cama que quedaba libre arriba—. Sobran dos camas. Eso lo puede entender hasta un cerebro de gallina.

Sardine apretó los labios. Melanie no dijo nada. Le estaba sacando brillo a los zapatos otra vez.

—¡Hola! —Frida volvió a entrar en la habitación cogiendo a Trude de la mano, muy fatigada.

—¿Lo veis? —Sardine cruzó los brazos—. Las dos están con nosotras. Una de vosotras sobra.

Wilma y Matilda se miraron.

—Pues yo no pienso irme —dijo Wilma—. Sólo queda sitio ahí al lado. Y ahí están las repipis. Yo ahí no entro.

—Ya, pero sintiéndolo mucho, una de vosotras tres sobra. —Sardine cogió rápidamente la bolsa de Trude y la lanzó sobre la cama que había debajo de la de Melanie.

Melanie estaba sentada arriba, cepillándose el pelo.

—Puedo irme yo a la habitación de al lado —dijo—. No me importa, en serio.

—Pero ¿tú estás loca? —Sardine miró hacia arriba, boquiabierta—. Hemos prometido que estaríamos juntas. ¿O es que lo has olvidado?

—¡Oh! ¡Una promesa! —Nora esbozó una sonrisa sarcástica, sacó un cómic de su bolsa y se acomodó en la cama—. Ah, es verdad, que tenéis una pandilla. Las Patas Locas o algo así.

Sardine la fulminó con la mirada.

Wilma y Matilda continuaban en la puerta.

—Bueno, ya me voy yo —murmuró Matilda.

Cogió su bolsa sin mirar a nadie más y salió al pasillo. Al marcharse, cerró la puerta.

Frida le lanzó a Sardine una mirada de reproche.

—¿No podrías haber sido un poco más amable? La pobre siempre está sola. Y encima ahora le toca irse a la habitación de las repipis, a oír hablar de chicos y de ropa todas las noches.

—Bueno, tampoco son tan horribles —comentó Melanie.

—Ah, ¿no? —Sardine la miró con un gesto hostil—. Claro, tú te habrías ido encantada con ellas.

—¡Queréis parar de discutir de una vez! —exclamó Trude. Tenía los ojos llenos de lágrimas. Trude lloraba con mucha facilidad.

Con una sonrisa de satisfacción, Wilma puso su bolsa en la cama que estaba debajo de Nora. Luego se sentó al lado.

—¿Sabéis qué? —dijo balanceándose nerviosa sobre el colchón—. La verdad es que quería estar en vuestra habitación. Es que me gustaría ser una Gallina Loca.

Sardine frunció el ceño.

—Ah, ¿sí? Pues no puede ser. Cuatro son suficientes. Además... —se frotó la nariz—, además, para ser una de nosotras antes hay que superar al menos una prueba. Como un examen, ¿entiendes?

—¿Y qué tipo de examen? —preguntó Trude, perpleja—. Pues yo no he...

Sardine le lanzó una mirada de advertencia y Trude cerró la boca al instante.

—¿Sabes qué, Wilma? —Melanie bajó de la cama de

un salto—. Ser una Gallina Loca tampoco es tan maravilloso.

Daba la sensación de que Sardine iba a estallar en cualquier momento.

—Aunque la verdad es que te lo pasas muy pero que muy bien —continuó Melanie—. Sobre todo cuando pescas peces, por ejemplo.

—¿Peces? —preguntó Wilma, que no entendía nada.

—Peces-Pigmeos —le aclaró Melanie.

Las demás Gallinas sonrieron con sorna. Desde luego, de aquella aventura sí que se acordaban todas. Y seguramente a los Pigmeos tampoco se les olvidaría en toda su vida. Era realmente asombroso que tras la derrota se atrevieran a romper el acuerdo de paz.

—Por cierto, ¿dónde se han metido los Pigmeos? —preguntó Sardine.

—Podemos salir a averiguarlo —contestó Frida—. ¿Qué tal estás, Trude?

—Ah, desde que el suelo no se mueve, muy bien —respondió Trude.

Wilma se levantó de la cama de un salto.

—¿Puedo ir con vosotras? —preguntó.

—¡No! —exclamó Sardine al tiempo que abría la puerta.

Melanie asomó la cabeza fuera de la habitación.

—¡No hay moros en la costa! —informó—. En el pasillo sólo hay la peste del tabaco del señor Staubmann.

—¡Pues vamos! —susurró Sardine.

A hurtadillas, como los antiguos indios, las Gallinas Salvajes se deslizaron por el pasillo.

Nora, detrás del cómic, ni se inmutó; pero Wilma se quedó observando con envidia cómo se marchaban.

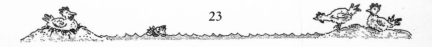

Los Pigmeos se habían instalado en una habitación de cuatro, en el otro extremo del pasillo, justo detrás de los baños. No era difícil encontrarlos, ya que la puerta estaba abierta de par en par y la voz de Torte resonaba por todo el pasillo. Como de costumbre, estaba contando chistes que sólo le hacían gracia a él.

Y a Frida. Frida era la única de la clase que se reía con los chistes de Torte. Aquel día también.

—¡Deja de reírte! —susurró Sardine, mientras se deslizaba hacia la puerta abierta.

—¡Lo siento! —murmuró Frida, pero otra vez volvió a entrarle la risa.

—Pues nada, entonces quédate aquí —musitó Sardine—. Trude y tú, averiguad dónde están las habitaciones de los profesores. Ven, Melanie.

Las dos se deslizaron en silencio hasta encontrarse justo al lado de la puerta abierta de los Pigmeos.

—Eh, chicos —exclamaba Steve en aquel momento—, tengo un truco nuevo.

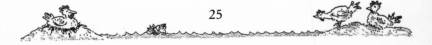

—Ya nos lo sabemos, Stevie —le dijo Fred—. Willi, cierra la puerta. Tenemos que hablar de las Gallinas.

—Vale. —Se oyeron unos pasos. Melanie y Sardine se pegaron a la pared todo lo que pudieron.

—Un momento —le oyeron decir a Willi—. Aquí huele a...

Un instante después apareció en el pasillo.

—Hola, Melanie —saludó Willi con la mejor de sus siniestras sonrisas de Frankenstein—. Tu perfume es inconfundible. Eh, Fred, mira quién está aquí.

—Pero ¿qué os habéis creído? —Sardine hizo como si estuviera mirando al frente—. Nosotras sólo íbamos al cuarto de baño.

—Ah, ¿sí? Pues resulta que os habéis pasado de largo —respondió Fred—. Deberíais llamaros las Gallinas Ciegas.

—¿Sabéis lo que se hace con los espías? —preguntó Willi.

—Pues no, no tenemos ni idea. —Melanie formó una pompa con el chicle y la hizo explotar justo delante de la nariz de Willi. Era su forma de darle a entender que no tenía ni pizca de miedo. Aunque todo el mundo sabía que Willi no tenía sentido del humor, ni poco ni mucho.

—¡Uy, si no fueras una chica! —gruñó Willi—. Te...

—Déjalo. —Fred lo empujó hacia atrás.

Entonces Melanie cogió a Sardine del brazo, les lanzó una sonrisa burlona a los chicos y se llevó a Sardine al cuarto de baño.

—¡Jolines, Melanie! —Sardine se soltó del brazo de Melanie—. ¿Es que tienes que embadurnarte siempre de perfume de arriba abajo? Ahora no tenemos ni idea de qué están planeando.

26

Melanie se encogió de hombros y se miró en el espejo.

—¿Y qué? Eso le da más emoción al asunto, ¿o no?

Sacó un cepillo pequeño del bolsillo de la falda y comenzó a peinarse. Sardine era incapaz de entenderlo.

—¿Qué ha pasado? —Trude entró sin aliento en el cuarto de baño—. Hemos visto que os han descubierto.

Sardine asintió con la cabeza.

—Sí, porque a Melanie le gusta ir por ahí como una flor con patas. Sólo hemos logrado averiguar cuál es la habitación de los chicos.

—Los profesores están ahí, al final de la escalera —dijo Trude—. Justo al principio del pasillo. Ya sale el humo por debajo de la puerta del señor Staubmann y la señorita Rose ha colgado un letrero con su nombre en el picaporte.

Melanie acabó de peinarse.

—¿Dónde está Frida? —preguntó.

—Ah, quería ir a ver otra vez dónde le ha tocado a Matilda. Se sentía culpable por lo de la habitación.

—Dile que traiga el intercomunicador —ordenó Sardine—. Y que se dé prisa.

—¿Qué intercomunicador? —preguntó Melanie.

—Le he dicho a Frida que trajera el intercomunicador de su hermano pequeño —respondió Sardine—. Luego, cuando los chicos salgan, me colaré en su habitación y esconderé allí el aparato. Vosotras sólo tenéis que ocuparos de que no vuelvan a subir.

—Bah, de eso se encargará la señorita Rose —afirmó Trude—. Pero ¿para qué es eso del intercomunicador?

—Para oír lo que dicen los Pigmeos —respondió Sardine—. No se oye muy bien, pero es mejor que nada. Frida y yo hemos hecho la prueba en casa.

Melanie esbozó una sonrisa.

—No está nada mal. —Melanie miró su reloj—. Dentro de diez minutos tenemos que estar abajo. No llegues muy tarde. Ya sabes que la señorita Rose no lo soporta.

—Vale, vale —asintió Sardine—. Pero daos prisa y decidle a Frida que venga.

Al instante Sardine oyó que alguien avanzaba por el pasillo a toda prisa.

Bajó de un salto de la repisa de la ventana, donde más o menos se había acomodado para esperar, y permaneció de pie, tiesa como un palo.

Oyó que Torte saludaba a Frida. Vaya, tenía que estar justo delante de la puerta del baño en aquel momento.

—¡Hola! —respondió Frida casi sin aliento.

—¿Qué tal, ejem —Torte carraspeó—, qué tal está vuestra habitación?

Sardine pegó la oreja a la puerta. ¿Qué estaba pasando allí?

—Bien —contestó Frida—. Tenemos vistas al mar.

—Qué bien —dijo Torte—. Nosotros no, es una pena. A mí me gusta el mar, ¿a ti también?

—Eh... pues sí. Mucho —respondió Frida.

Sardine miró el reloj. Las tres en punto. ¿Cuánto tiempo pensaban pasarse ahí fuera hablando de tonterías?

—¿Qué es esa cosa tan rara que llevas en la mano?

Vaya hombre. El intercomunicador. La cosa se estaba complicando. Y para colmo Frida no sabía mentir.

—¿Esto? Ah, ¡esto! —Frida empezó a tartamudear—. Esto es..., bueno, esto, esto es un cargador para... para mi cepillo de dientes eléctrico.

—Que cosa más rara —comentó Torte—. Bueno, pues ya nos veremos luego, ¿vale? Un día te invito a un helado.

—Vale —respondió Frida.

Frida se refugió al fin en el cuarto de baño. Sardine estuvo a punto de darse un coscorrón con la puerta.

—Pero bueno, ¿a qué ha venido todo esto? —susurró—. Llevo mil horas esperando.

—Toma. —Frida dejó el intercomunicador en el lavabo—. ¿Qué querías que hiciera?

—¡Un cargador para el cepillo de dientes! —Se rió Sardine—. Ha estado bien. Ahora vete abajo. Dile a la señorita Rose que estoy en el baño.

—Vale. Hasta ahora —dijo Frida. Luego se marchó de nuevo.

Sardine esperó a que los Pigmeos salieran al fin de la habitación.

Seguía haciendo un tiempo maravilloso cuando la señorita Rose llevó a toda la clase a la playa. El señor Staubmann cubría la retaguardia y dirigía de vez en cuando una mirada aburrida hacia el mar.

El pequeño retraso de Sardine le había costado una reprimenda por parte de la señorita Rose, pero aquello no pareció levantar ninguna sospecha en los Pigmeos. Sardine había encontrado justo al lado de la cama de Fred un escondite fantástico para el intercomunicador. Allí aguardaría, oculto tras una cortina, el momento de ser utilizado. Sardine no veía la hora en que aquello ocurriera.

—Qué bonito, ¿verdad? —Frida estuvo a punto de tropezar mientras contemplaba el mar, ensimismada.

—Hum, muy bonito —murmuró Trude, que mordisqueaba frustrada una manzana mientras a sólo unos pasos Steve devoraba una bolsa inmensa de patatas fritas.

Tampoco Melanie parecía estar del todo contenta.

—Lo desagradable del mar es que siempre sopla el viento —protestó—. Tengo la sensación de que se me mete por un oído y me sale por el otro.

—Pues ponte un gorro —le dijo Sardine—. Aunque no te guste cómo te queda, por lo menos así tendrías las orejas calientes.

Melanie no hizo caso de aquel comentario.

—¡Eh, Sardine! —Alguien le tiró de la manga. Era Wilma—. Mira lo que he hecho.

Muy orgullosa, le puso a Sardine ante los ojos una cuerdecita con una pluma.

Sardine frunció el ceño malhumorada.

—Eh, eso sólo pueden llevarlo las auténticas Gallinas Locas. Quítatelo ahora mismo, ¿vale?

Wilma, ofendida, volvió a esconder la pluma debajo de su jersey.

—No, no pienso quitármelo —le respondió—. Además, es una pluma de gaviota y tú no me puedes prohibir que la lleve colgada, ¿a que no?

Frida sonrió con gesto burlón y Trude no pudo contener la risa. Sardine les lanzó una mirada furibunda a las dos.

Wilma volvió a tirarle de la manga.

—¡Eh, Sardine! ¿Qué te parece si hago algunas averiguaciones para vosotras? ¿O si hago guardia? La vigilancia nunca está de más.

—¡Que no! —Fuera de sí, Sardine avanzó unos pasos, pero Wilma la siguió, a pesar de que las piernas de Sardine eran casi el doble de largas que las suyas. Las demás volvieron a reírse.

—¡Olvídalo! —bufó Sardine—. Nuestra pandilla no admite a nadie más.

Wilma echó un vistazo a su alrededor y bajó el tono de voz.

—Yo podría espiar a los Pigmeos —susurró—. De mí no sospecharían nada.

—Eso estaría bien —asintió Melanie.

—Sí, es verdad. —Trude intentó lanzar el corazón de la manzana al mar, pero chocó con el cogote de Steve. Inmediatamente Trude agachó la cabeza. Steve miró sorprendido a su alrededor, pero no descubrió a ningún sospechoso.

—Lo de espiarlos ya lo he organizado yo —gruñó Sardine—. He...

—Deja que por lo menos lo intente —la interrumpió Frida—. Con el intercomunicador se oyen un montón de ruidos y además es fácil que los chicos lo descubran.

—¡Vaaaale! —Sardine se encogió de hombros—. Pero eso no quiere decir que sea de nuestra pandilla.

—¡Oh, gracias! —susurró Wilma—. ¡Genial, qué bien! Ahora mismo me pongo manos a la obra.

Miró a su alrededor. Willi y Torte chapoteaban en el agua gélida con los pantalones subidos y salpicaban a todos los que estaban a su alcance. De ellos no podría obtener ninguna información secreta. Así que Wilma se pegó discretamente a los talones de Fred. Él iba recogiendo conchas y piedras y las guardaba en la mochila de Steve. Wilma tenía que caminar con cuidado para no pisarlo.

—¡Miradla! —se rió Melanie—. Wilma, nuestra arma secreta.

—Bueno, voy a pasar un rato con Matilda —dijo Frida, y se alejó arrastrando los pies por la arena hasta llegar junto a la chica nueva, que caminaba sola por la orilla. De pronto Torte dejó de corretear detrás de Willi por la playa y se acercó caminando a las dos chicas. Sardine lo observó con desconfianza.

—Qué —le dijo Melanie dándole con el codo—. ¿A

que tenía yo razón? Va detrás de Frida. Probablemente porque es la única que se ríe de sus chistes tontos.

—A lo mejor sólo quiere espiarnos —murmuró Sardine— para averiguar cuáles son nuestros planes.

—¡Sardine! —Melanie puso cara de resignación—. Si es que no te enteras. Siempre crees que esta tontería de las pandillas es tan importante para los demás como para ti.

—¿Cómo que tontería? —Sardine miró furiosa a Melanie—. Tú también te lo pasas bien con eso, ¿o no?

—Claro que sí. —Melanie se apartó de la cara los rizos alborotados por el viento—. Pero eso —y señaló a Torte y a Frida—, eso es otra cosa. ¿No te das cuenta? Te apuesto dos paquetes de golosinas a que mañana Frida recibe una carta de amor.

—Vale, acepto la apuesta. —Sardine se agachó y cogió una concha. Eran verdaderamente bonitas—. ¿De qué va exactamente esa tal Nora? —preguntó.

—Ah, suele ir con las otras dos que también han suspendido —dijo Trude.

Sardine asintió. Miró con gesto sombrío hacia el mar.

—Los chicos tienen suerte de haber conseguido una habitación de cuatro. No como nosotras, que estamos ahí con Wilma y con Nora. Ni siquiera podremos hacer una reunión de pandilla en serio.

—Claro que podremos. Wilma es una gran admiradora tuya y Nora... —Melanie cogió unas cuantas piedras y las lanzó al mar—. Nora no quiere tener nada que ver con nosotras. Para ella somos todas unas niñas tontas con las que no tiene más remedio que estar en clase.

—Hum —gruñó Sardine.

Aun así, ella habría preferido estar en una habitación de cuatro.

Habían llegado ya lejísimos por la arena húmeda cuando el señor Staubmann, a grandes zancadas, alcanzó a la señorita Rose y, con una sonrisa amable, le puso el reloj de muñeca delante de los ojos y la convenció de que ya era hora de regresar. El sol había descendido sobre el horizonte. La marea estaba bajando y el agua retrocedía como un animal inmenso y perezoso.

—¡Ya creía que la señorita Rose iba a seguir caminando hasta el infinito! —protestó Trude—. No puedo ni levantar los pies. Y tengo un hambre que me caigo. Espero que esto no sea todos los días así.

—Uf, pues en el programa hay excursiones de todo tipo —dijo Melanie—. Excursiones por las dunas, excursiones por la playa, excursiones nocturnas...

Trude resopló.

Los Pigmeos también tenían aspecto de cansados. Caminaban desgarbados por la orilla del mar con Titus y Bernd, los más fanfarrones de la clase.

En aquel momento, Wilma abandonó el espionaje y volvió junto a las Gallinas Salvajes. Con total discreción, por supuesto. Se agachó entre Sardine y Melanie y fingió atarse los cordones de los zapatos.

—El pesado de Titus está hablando de sus aventuras con el buceo —susurró—. Ya va por el tercer tiburón asesino del que dice que ha conseguido escapar. Pero antes de eso, se han pasado todo el rato hablando de fútbol. A lo mejor es un código secreto. De hecho, usan muchas siglas. BVB y FCK y cosas así. A lo mejor significan algo.

—No. —Melanie se metió otra gominola en la boca—. Son equipos de fútbol.

—¿Seguro? —preguntó Sardine.

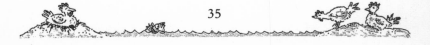

Melanie esbozó una sonrisa.

—Totalmente.

—Qué pena —murmuró Wilma. Parecía muy decepcionada.

»Si queréis puedo volver a intentarlo.

—Bah, déjalo —dijo Sardine—. De todas formas ya vamos a llegar al hotel. —Miró a su alrededor.

Unos metros más adelante iba Frida, paseando por la arena junto a Matilda. Sardine estaba un poco celosa. Sólo un pelín.

Cuando regresaron a la granja escuela, eran casi las seis. Hora de la merienda-cena. Cuando acabaron, la señorita Rose los volvió a reunir a todos abajo.

—Tenéis el resto del día libre para hacer lo que queráis —anunció—. Hasta las nueve está abierta la sala de los futbolines y la mesa de ping-pong. Os pido por favor que a las nueve en punto estéis todos en las habitaciones; el señor Staubmann y yo haremos la ronda. A las once se apagan las luces. El desayuno será mañana a las siete y media.

—¿A las siete y media? —preguntó Steve con angustia—. Creí que esto eran unas vacaciones.

—A las siete y media —repitió la señorita Rose—. A las siete pasaremos a despertaros. De eso se encargará el señor Staubmann.

El profesor de lengua sonrió, sacó un silbato y lo dejó suspendido en el aire con un gesto guasón.

—Por lo demás —continuó la señorita Rose—, nada de inundar el cuarto de baño, nada de salir a escondidas al pasillo después de las once y nada, insisto, nada de excursiones a la playa sin un profesor. ¿Está claro?

—Sí —murmuró toda la clase.

—¡Ah, sí! —El señor Staubmann carraspeó—. Y, por favor, nada de poner pasta de dientes en el picaporte de la puerta de los profesores. Resulta sumamente desagradable.

—Entonces podemos poner crema solar —dijo Torte.

Los demás se rieron. El señor Staubmann se limitó a poner cara de resignación.

De las seis a las nueve los Pigmeos estuvieron todo el rato jugando al futbolín, sin parar ni un momento. Entre tanto dieron cuenta de un sinfín de bolsas de patatas, vociferaron como locos, se pusieron nombres de futbolistas y se comportaron como si las Gallinas Locas no existieran.

Sardine se sintió ofendida, pero Melanie, Trude y Frida estaban la mar de contentas, y creyeron que lo mejor era ponerse cómodas en la habitación y sacar el té y las galletas. Wilma era la única que comprendía la decepción de Sardine y propuso que al menos fueran a poner en la cama de los chicos los plátanos de la merienda bien aplastados. A Sardine le encantó la idea.

Pero justo cuando ya habían logrado convencer a las otras tres para hacer una pequeña visita a la habitación de los Pigmeos, Steve decidió que alguien ocupara su puesto en el futbolín para poder subir a la habitación a practicar unos trucos de magia.

—¡Vaya faena! —protestó Sardine, mientras se sentaban en la cama. Nora seguía abajo—. El tonto de Steve y

su estúpida manía con la magia. ¿Sabéis lo que quiere ahora? Intenta hacer desaparecer una bola en un pañuelo. Pero siempre se le cae.

—Oh, deja ya de protestar. —Melanie buscaba algo con la mirada—. ¿Dónde has puesto la lata del té?

—Ahí, en la repisa de la ventana. —Sardine era la experta en té.

—Té de vainilla, té de pétalos de rosa —leyó Melanie en alto—. Fuego tropical, té de Frisia oriental. ¿Qué os apetece?

—De Frisia oriental —propuso Frida—. Suena delicioso.

Se recibieron ruidos en el intercomunicador. A Steve se le había vuelto a caer la bola y oyeron que soltaba una palabrota.

—Desde luego, este aparato es genial —dijo Trude.

Melanie puso el té en el filtro, lo metió en la tetera que había llevado Sardine y se dirigió al hornillo de los profesores. Por desgracia, los cámping-gas estaban prohibidos en las habitaciones.

En su ausencia, Trude colocó cinco vasos en la única mesa que había en la habitación. Cinco. Wilma estaba rebosante de alegría.

Después de una pequeña eternidad, Melanie regresó.

—No he podido venir antes —anunció mientras dejaba sobre la mesa la tetera humeante—. La señorita Rose estaba delante de mí. ¿Y sabéis quién más estaba? Pauline, la empollona. «Señorita Rose, a mí me gustaría ser profesora. Señorita Rose, yo creo que las matemáticas son la asignatura más interesante. Mi participación en clase ha mejorado, ¿verdad?» Por poco me muero de asco.

40

—Sí, Pauline es bastante insoportable. Tomad. —Frida puso dos sobres encima de la mesa—. Todavía me queda azúcar de la cena.

Melanie sacó de la tetera el filtro con el té, repartió el azúcar y el té cuidadosamente entre los cinco vasos y le acercó uno a cada Gallina, incluida Wilma.

Ella, feliz, se apretó el vaso caliente contra las mejillas.

—¡Oh, qué bien! —suspiró—. Dentro de una pandilla así uno se siente tan a gusto...

—Es que para eso son las pandillas. —Sardine la miró con gesto sombrío, removiendo malhumorada su té—. Mañana, cuando Steve vuelva a practicar sus trucos, tenemos que conseguir de algún modo que salga de la habitación. De hecho podríamos hacerlo ahora, ¿qué os parece?

—¡Oh, venga! —Melanie rebuscó en su maleta, sacó una caja de galletas y la puso sobre la mesa—. Ésta es nuestra noche. Olvídate de los chicos por un rato. Ya has visto que ellos se han olvidado de nosotras.

—Es verdad —dijo Trude—. Y aquí se está tan bien... Yo no echo nada de menos mi casa, ¿y vosotras?

Melanie y Wilma negaron con la cabeza.

—¿Mi casa? Más bien será la de mi abuela. —Sardine bebió un poquito de té y miró por la ventana—. No, en realidad no.

Sardine pasaba mucho tiempo en casa de su abuela porque su madre era taxista. La abuela de Sardine no era precisamente lo que uno llamaría una persona simpática. Aunque le había enseñado mucho sobre té, huertos y gallinas de verdad.

—Yo sólo echo de menos a mi hermano pequeño

—intervino Frida—. Porque antes de irme a dormir le doy abrazos y achuchones. Pero por lo demás, aquí se está de maravilla.

—Yo sólo espero que ninguna de vosotras ronque —dijo Melanie, subiéndose a su cama.

Trude se ruborizó, pero no dijo nada.

—¿Oís eso? —susurró de pronto Wilma.

Faltaba poco para las nueve.

Por el intercomunicador se oyó un breve chasquido, pero había alguien fuera, en el pasillo. Los crujidos del suelo de madera lo delataban. Conteniendo la respiración, las Gallinas Locas miraron fijamente la puerta. El picaporte se movió, pero Sardine había cerrado con llave.

—Eh, abrid —susurró alguien—. Soy yo, Nora. ¿Por qué habéis cerrado con llave?

Sardine saltó de la cama y corrió en calcetines hasta la puerta.

—Hola, Nora. Se te ha puesto una voz muy rara.

—Será que me he tomado el té demasiado caliente —contestó desde fuera aquella extraña voz aguda—. Abre de una vez, venga.

—Fred, ¿eres tú? —exclamó Melanie desde lo alto de su cama—. ¿Te está cambiando la voz?

Fuera estallaron unas fuertes carcajadas.

—Menú para mañana: ¡estofado de gallina! —exclamó Willi.

—¡Pues yo creo que más bien habrá Pigmeos a la brasa! —exclamó Sardine a través de la puerta. De repente, por el ojo de la cerradura salió un chorro de agua que le dio en toda la cara.

Fuera volvieron a oírse unas fuertes carcajadas.

—¡No hay nada como refrescarse un poco! —exclamó Steve.

—Eh, Steve, déjame la pistola de agua —dijo Willi.

De pronto se oyó la auténtica voz de Nora:

—¿Me dejáis pasar, pandilla de niñatos? Qué asco, quita de ahí esa estúpida pistola. —Nora giró el picaporte—. Venga, abrid la puerta de una vez.

—Ahora mismo no podemos —respondió Wilma tímidamente—. Si abrimos, entrarán los Pigmeos.

—Si os referís a los estúpidos que estaban por aquí —replicó Nora—, vuestros amiguitos han salido corriendo. En estos momentos, la señorita Rose y el señor Staubmann están subiendo por la escalera.

—¡No son nuestros amigos! —Sardine abrió bruscamente la puerta—. Son los Pigmeos.

—Ya. Supongo que se llaman así por su tamaño, ¿no? —dijo Nora.

Se subió a su cama, volvió a coger uno de sus libros de cómic y enmudeció.

—¿Te apetece un té? —preguntó Trude.

—No, gracias —respondió Nora—. ¿Qué es eso que hace tanto ruido?

—¡Ah, sí, el intercomunicador! —Las Gallinas Salvajes se reunieron a toda prisa alrededor del aparato.

—Stevie, ¿han intentado algo las Gallinas? —oyeron que preguntaba Fred. A continuación se oyeron unos terribles chasquidos y restallidos—. Como cierren la puerta con llave todos las noches, entonces durante el día tendremos que... —Volvió a restallar un ruido terrible.

—¡Eh, Torte! —oyeron a Willi—, para de saltar, ¿vale? Ya me has dado una vez con el colchón en la cabeza.

—De nuevo se produjeron interferencias—. ¿Cómo llevas lo de Frida?

Trude soltó una risita y Frida se levantó de un salto para desconectar el intercomunicador.

—¡Se acabó! —dijo—. Esto de espiar a la gente es una tontería como una casa. No me gusta.

Lanzó el intercomunicador a su maleta y se tumbó en la cama.

—Es que todo este juego de las pandillas —intervino Nora desde detrás de su cómic— es muy, pero que muy tonto.

—Hazme un favor y no te metas en esto, ¿vale? —gruñó Sardine.

Un silencio tenso se apoderó de la habitación.

Volvieron a llamar a la puerta.

—¿Todo en orden por aquí? —preguntó la señorita Rose, asomando la cabeza.

Todas asintieron en silencio.

—Pues no parece que estéis dando saltos de alegría —dijo la señorita Rose, desconfiada.

—Ah, ya se nos pasará —dijo Melanie.

—Bueno. —La señorita Rose se encogió de hombros—. Pues nada, si alguna echa de menos su casa o tiene algún problema, estaré en mi habitación. Es la que tiene la pegatina del monstruo. La ha pegado algún admirador. Un poco antes de las once el señor Staubmann dará un toque de silbato para que no os olvidéis de lavaros los dientes. Espero que paséis una buena noche. Veremos si la brisa del mar os ha dejado cansadas.

—Buenas noches —murmuraron las chicas.

Las seis volvieron a quedarse solas.

Melanie, Trude, Wilma y Sardine estuvieron jugando

a las cartas hasta las once. Frida se quedó tumbada en la cama, les dio la espalda y se puso a leer. Los Pigmeos se presentaron tres veces más en la puerta. En una de las ocasiones incluso hurgaron en la cerradura, como si quisieran abrirla. Pero aquello duró sólo hasta que el señor Staubmann los atrapó in fraganti y los acompañó personalmente a la habitación. Entonces reinó al fin la calma.

Aquella primera noche Sardine no pudo dormir. Se sentó en la cama, abrazada a la gallina de peluche que se llevaba a todas partes, y contempló el mar por la ventana.

La madre de Sardine siempre decía que a la luz de la luna no se dormía bien, pero aquel día el problema no era ése.

Todo le resultaba extraño: el tacto de las sábanas, la dureza del colchón, los chirridos del somier cada vez que se daba la vuelta. Sardine escuchaba la plácida respiración de las demás y el susurro del mar. Sí, hasta los ruidos resultaban extraños. Muy extraños.

—¿Tú tampoco puedes dormir?

Era Trude. Sin gafas tenía un aspecto completamente distinto.

Sardine negó en silencio.

—¿Quieres subir? —le preguntó—. Desde aquí hay una vista genial.

—Vale. —Trude buscó a tientas sus gafas, pasó de puntillas junto a la cama donde dormía Frida y trepó con torpeza a la de Sardine.

Tenía un aspecto un tanto ridículo con aquel pijama rosa.

—¿Tienes un peluche? —susurró.

—Claro. —Sardine acarició el cuello de la gallina con cariño—. Lo llevo siempre. Me lo regaló mi madre por mi último cumpleaños.

—Yo también he traído uno —confesó Trude—. Pero no me he atrevido a sacarlo. Pensé que todas se reirían de mí.

—¿Por qué? Melanie también duerme con una de esas horribles muñecas Barbie —respondió Sardine—. Y Frida tiene un jersey de su hermano pequeño debajo de la almohada.

—¿En serio?

—Claro. —Sardine se cubrió las rodillas con el edredón.

—Bah, de todas formas el peluche tampoco sirve de nada. —Trude suspiró, se rodeó las rodillas con los brazos y miró por la ventana—. Es que no puedo dormir. No paro de darle vueltas a la cabeza. No puedo dejar de pensar.

—¿Por qué? —preguntó Sardine—. ¿En qué piensas?

Trude se apartó el pelo de la frente.

—Mis padres quieren divorciarse.

—¡Oh! —exclamó Sardine. Eso no podría pasarle a ella, porque no tenía un padre.

—Se pasan todo el día peleándose —le explicó Trude—. Y a veces también por la noche. Discuten por todo, y luego mi padre viene y me riñe porque dice que como mucho y vuelve a hablarme otra vez del aspecto que tengo. Luego mi madre le vuelve a gritar a mi padre y, bueno, luego me mandan unos días a casa de mi tía para poder pelearse tranquilos.

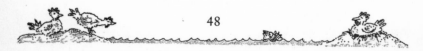

—Suena muy horrible —murmuró Sardine. Aparte de eso, no sabía qué otra cosa podía decir.

—¿Qué se siente? —dijo Trude, mirando tímidamente a Sardine de reojo. Tenía los cristales de las gafas completamente empañados—. Quiero decir, teniendo sólo una madre. ¿Cómo es?

—Está bien. —Sardine se encogió de hombros—. Yo con mi madre estoy bien. Lo que pasa es que trabaja mucho. Pero bueno, eso no lo puedo cambiar.

—Ya. —Trude se miró los dedos de sus pies descalzos.

A Sardine todo aquello le parecía muy triste. Le habría gustado consolarla, pero no se le ocurría nada. De modo que las dos estuvieron en silencio sentadas en la cama, una junto a la otra, y contemplaron el mar, teñido de un color plateado por la luz de luna.

Pasaron así bastante tiempo.

Al final Trude tuvo frío y se deslizó de nuevo hasta su cama. Pero antes sacó su peluche de la maleta. Un oso blanco, que llevaba puesto un pijama rosa tan extravagante como el suyo.

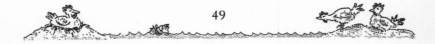

A la mañana siguiente, todos se presentaron a desayunar bastante adormilados. El suave té rojo que les dieron no consiguió despabilarlos y, cuando el señor Staubmann anunció que harían una larga y preciosa excursión al pueblo de al lado, el ánimo decayó del todo.

—Pero ¿a qué vienen estas caras tan largas? —preguntó—. Pasaremos junto a dos túmulos antiguos muy interesantes.

—¡Bah, ya sé cómo son! —protestó Fred—. Si sólo son como unas montañitas en el campo. ¡Pues qué emocionante...!

—La señorita Rose no podrá acompañarnos —continuó el señor Staubmann—. Esta mañana se encuentra un poco indispuesta.

—¡Yo también estoy indispuesto! —exclamó Torte con voz chillona—. ¿Puedo quedarme aquí?

El señor Staubmann no le hizo ni caso.

Fred tenía razón acerca de los túmulos antiguos: ni esqueletos, ni momias, ni tumbas con tesoros; sólo dos montículos en medio del campo. Para animar la cosa, el

señor Staubmann les contó que corría el rumor de que unos gnomos habitaban en los montículos, pero ninguno de ellos se dejó ver. Al contrario que los chicos, que se pasaron todo el tiempo dando guerra con sus pistolas de agua Power Shot 2000, en las que, por desgracia, cabía mucha agua. Pero aquello duró sólo hasta que Maximilian, al que todos llaman Minimax, mojó los cigarrillos del señor Staubmann, y entonces tuvieron que vaciar los tanques de agua de las pistolas sobre los túmulos. Cuando poco tiempo después comenzó a llover, toda la clase se puso de un humor de perros. Ni siquiera Wilma se sentía con ganas de seguir.

—Bueno, ¿qué os parecen las casas frisias? —preguntó el señor Staubmann cuando llegaron al fin a aquel pueblecito que él había elegido como destino. Las casas, con tejados de paja, se agazapaban bajo los altos olmos, unas junto a otras.

—Son bonitas —murmuró Trude.

—No están mal —dijo Wilma, hurgándose la nariz—. ¿Hay algo más que ver por aquí?

—Bueno, no mucho, pero hemos venido por un motivo muy especial. —El gesto del señor Staubmann fue muy expresivo: puso su cara de «ya veréis», la misma que ponía al devolverles los exámenes de lengua.

—¡Dígalo de una vez! —exclamó alguien.

Pero el señor Staubmann negó con la cabeza.

—Sólo una de vuestras compañeras lo podría adivinar, pero un rato más al sol tendréis que esperar. ¡Uy! —El señor Staubmann se dio la vuelta—. Me ha salido una rima. Síganme, señores.

Entre quejas y protestas, toda la clase se colocó en fila y se puso en marcha.

—¿Qué habrá querido decir con eso de que una podría adivinarlo? —Melanie frunció el ceño.

Trude y Wilma se encogieron de hombros.

—Las casas son muy bonitas —dijo Frida—. Sí, muy bonitas. Y qué jardines tan llenos de flores.

—Ya, no como el de mi abuela, ¿verdad? —Sardine cogió a Frida del brazo—. ¿Sigues enfadada por lo de ayer?

Frida negó con la cabeza.

—¿Nos podrías...? —Sardine se frotó la nariz—, quiero decir... ¿podrías dejarnos otra vez el intercomunicador?

Frida se soltó del brazo de Sardine como un rayo:

—¡Eres una pesada! —exclamó—. ¡Pesada!

—Podemos apagarlo enseguida, cuando digan... —Sardine empezó a tartamudear—, bueno, cuando hablen de amor o algo así.

Frida la dejó hablando sola.

—¡Vaya! —murmuró Sardine.

Vio que Torte arrancaba una flor que sobresalía de una valla y que perseguía a Frida con ella. Todo un sentimental.

—No quiere volver a dejárnoslo, ¿verdad? —preguntó Wilma.

—¿Qué pasa, que ahora nos espías también a nosotras? —la increpó Sardine.

—¡No! —exclamó Wilma, enfadada—. Pero si habláis tan alto, ¿qué quieres que haga?

Sardine puso mala cara y empezó a morderse los labios.

La calle de las casas viejas iba a dar directamente al puerto, donde las barcas de los pescadores y los barcos

turísticos se balanceaban en el agua oscura. Las chillonas gaviotas pescaban los desperdicios que arrastraban las olas. El señor Staubmann pasó con la clase por delante de una tienda de recuerdos y se detuvo al fin ante la entrada de una cafetería.

—Bueno, señoras y señores —exclamó—. Ha llegado el momento de revelar el objetivo de nuestra ardua caminata. Matilda, acércate por favor.

Matilda se puso roja como un tomate. Luego se colocó junto al profesor, vacilando un poco.

—Hoy es el cumpleaños de Matilda —anunció el señor Staubmann—. Como os conozco a vosotros y a ella también, sé que nadie lo sabía. Pero a mí me parece que un cumpleaños se merece algún tipo de celebración, así que os invito a todos a esta cafetería en honor de Matilda. Podéis pedir un chocolate caliente o un refresco, lo que queráis. Yo, por mi parte, voy a permitirme el lujo de tomarme un carajillo.

Durante el breve discurso del señor Staubmann, Matilda no levantó la vista de sus manos, pero tampoco dejó de sonreír.

En la cafetería juntaron tres mesas grandes que presidieron el señor Staubmann y Matilda. El profesor permitió que toda la clase cantara el *Cumpleaños Feliz* —él sólo los dirigió— y luego pidió una ronda para todos: diez chocolates calientes y diecisiete refrescos. A continuación él saboreó con deleite su carajillo y comenzó a leer el periódico.

Durante un rato los chicos lanzaron bolas de papel por encima de la mesa y arrojaron sobres de azúcar a las chicas. Después se abalanzaron sobre el único pinball, que estaba junto a la entrada. Como buena espía, Wilma

se quedó merodeando por allí, mientras que Frida decidió invitar a Matilda con su propio dinero a un pastel de chocolate. Se sentaron con otras dos chicas en una mesa al lado de la ventana. Frida llevaba la flor de Torte detrás de la oreja.

Así pues, al cabo de poco rato, en la mesa del profesor sólo quedaban Trude, Sardine y Melanie. Trude bostezaba sin parar, Sardine trataba de pensar qué podrían meter en la cama de los Pigmeos, y Melanie se estaba pintando las uñas de verde, hasta que de pronto el señor Staubmann se asomó por encima del periódico.

—Ah, por cierto, ¿pasó algo ayer por la noche? —preguntó. Su voz sonó, como de costumbre, un tanto aburrida—. No me refiero a vuestros pequeños rifirrafes entre pandillas, sino algo fuera de lo normal: unos ruidos raros, como si alguien arañara la puerta y como unas luces en la playa... ¿Nada?

—¿Por qué? —Sardine lo miró boquiabierta.

—Bah. —El señor Staubmann alcanzó su taza—. Sólo estaba pensando. A lo mejor habíais oído algo así.

—Pero ¿qué? —Trude dejó de bostezar.

—Ah, nada en particular. Una ridícula historia de fantasmas, de un guardacostas que vigilaba esta zona. —El señor Staubmann la miró por encima del borde de la taza—. Siempre hacía ronda precisamente en torno a la granja escuela. No hay quien se lo crea, ¿verdad?

—¿Un fantasma? —exclamó Wilma—. ¿Un fantasma de verdad? ¡Madre mía!

Incluso los chicos de la máquina se volvieron a mirar.

—Chsss —siseó Sardine—. Eh, no tiene por qué enterarse todo el mundo. —Llena de curiosidad se dirigió al señor Staubmann.

—¿Qué tipo de fantasma?

—Pero bueno, si los fantasmas no existen —dijo Melanie, soplando sobre sus uñas recién pintadas.

—La historia de este fantasma me la ha contado otro profesor. —El señor Staubmann encendió uno de sus cigarrillos, que dejaban una peste de tres pares de narices—. El año pasado vino aquí con sus alumnos y ocurrieron algunas cosas un tanto extrañas.

—¿Qué pasó? —preguntó Trude nerviosa.

El señor Staubmann se encogió de hombros.

—Ruidos sospechosos por la noche, pisadas misteriosas, objetos extraños que aparecían en la playa, dos alumnos que salieron de su habitación gritando despavoridos por la noche y que contaban disparates sobre algo terrible que los quería arrastrar hacia el mar... en fin, no sé nada más que eso. —Se tiró del lóbulo de la oreja—. Bueno, pero ¿qué os estoy contando? Si vosotras ya estáis de lo más ocupadas con los Pigmeos, ¿verdad?

—¡Bah, los Pigmeos! —Sardine sacudió el brazo con gesto de desprecio—. Hace tiempo que habríamos dejado ese juego tan infantil, pero ellos siempre vuelven a la carga. No, cuéntenos más cosas de ese... ¿qué era lo que merodeaba por aquí?

—Un guardacostas —respondió el señor Staubmann.

—¿Qué es eso? —preguntó Melanie.

—Un guardacostas es una persona que vigila la playa. —El señor Staubmann le hizo una señal al camarero y pidió otro carajillo—. Cuando un barco encallaba delante de la isla, el guardacostas se encargaba de que no le saquearan la mercancía. Sin embargo, el guardacostas que vigilaba esta zona hace doscientos años era un temido bandido. Jap Lornsen, se llamaba, y las barbaries... —el

señor Staubmann removió el café—, las barbaries que cometió, siguen recordándose con temor hoy en día.

—Pero ¿qué hizo? —susurró Wilma.

—Bueno —el señor Staubmann negó con la cabeza—, cosas bastante horrorosas. No lo sé muy bien.

—Ya no somos niñas pequeñas —le recriminó Melanie, molesta.

—En eso tienes razón. Pues... —El señor Staubmann hizo una pausa y le dio un sorbo al café con mucha parsimonia.

—¿Pues qué? —preguntó Sardine impaciente. Algunas veces el señor Staubmann podía llegar a sacar de quicio a cualquiera.

—Sólo puedo contaros lo que he oído —dijo mientras se limpiaba minuciosamente los labios—. Si luego tenéis pesadillas, no digáis que no os lo advertí...

—Jap Lornsen era un guardacostas muy estricto —explicó el señor Staubmann—. A los granjeros pobres que robaban una mantequera de un barco naufragado porque sus hijos tenían hambre, les propinaba una paliza y los mandaba a la cárcel. Él, sin embargo, no movía ni un dedo para salvar a los náufragos, no; él esperaba tranquilamente a que se ahogaran para quedarse con toda la mercancía del barco sin que nadie lo viera.

—¡Qué horror! —murmuró Wilma—. No me extraña que alguien así se convierta en un fantasma.

—¿Eso crees? —El señor Staubmann la miró con gesto sonriente—. Pues ahora viene lo peor. El hecho de que Lornsen no se esforzara lo más mínimo en salvar a los marineros náufragos no era especialmente extraordinario. En aquellos tiempos casi nadie se habría arriesgado por un náufrago extranjero cuyo idioma, probablemente, ni siquiera entendían. Y lo de sus pequeños saqueos, no era para tanto. Pero Jap Lornsen era más cruel aún. —El señor Staubmann cogió otro cigarrillo—. Cuando hacía mala mar, ordenaba a sus hombres que realizaran señales falsas

con fuego. De esa forma, atraía a los barcos hacia las costas de la isla, así los barcos naufragaban y sus hombres podían saquearlos. Y para que nadie pudiera denunciar aquellos saqueos, Lornsen mandaba asesinar a todos los que no se ahogaban en las gélidas aguas del mar. De ese modo acabó convirtiéndose en un hombre sumamente rico.

El señor Staubmann se recostó en la silla y suspiró.

—Ahora sólo cabe esperar que como fantasma sea un poco más simpático de lo que fue en vida, ¿verdad? —concluyó el profesor.

—Pero ¿nadie lo castigó? —preguntó Melanie.

El señor Staubmann negó con la cabeza.

—Era un hombre demasiado poderoso. ¡Ah, por cierto! —Se sacudió un poco de ceniza del jersey—. Esta tarde podréis contemplar su retrato en el museo de la isla. Y su lápida está en el antiguo cementerio, que también visitaremos. —El señor Staubmann bajó el tono de voz—: Debe de estar bastante torcida, porque es evidente que el viejo Lornsen no descansa en paz en su tumba.

—¡Uuuuhh! —Wilma se estremeció—. Eso suena de lo más tétrico.

—Así que consiguió salirse con la suya —murmuró Sardine—. No hay derecho.

—Y seguro que luego se moriría de viejo en su cama —dijo Melanie—. ¿A que sí?

—No exactamente —respondió el señor Staubmann—. Podría decirse que la justicia lo pilló por sorpresa. Poco antes de cumplir los cincuenta y cinco años, lo envenenó la viuda de un capitán cuyo barco naufragó por culpa de las señales de fuego falsas.

—¡Caray! —Trude se quedó con los ojos abiertos como platos—. ¡Qué horrible!

—¿Por qué? ¡Se lo merecía! —Melanie hizo un gesto de satisfacción con la cabeza—. Yo habría hecho lo mismo. —A continuación se pintó otra uña de verde.

—Uno se puede imaginar perfectamente que el alma de semejante bandido ronde por aquí —murmuró Sardine, pensativa—. La pena es que los fantasmas no existen.

—¿De qué habláis por aquí, que parece tan secreto? —preguntó Torte con curiosidad, sentándose a la mesa.

—¡De nada que te interese! —respondió Sardine—. Ahora sé bueno y vuelve a tus juegos de maquinita.

—Entonces, ¿no habéis notado nada? —El señor Staubmann volvió a poner gesto de aburrimiento y le dio una calada al cigarrillo—. ¿Ni ruidos sospechosos, ni pisadas, ni objetos extraños en la playa? ¿Como monedas antiguas o algo así? Al parecer era lo que el viejo Lornsen solía perder con mayor frecuencia en sus rondas nocturnas.

Las chicas negaron apesadumbradas con la cabeza.

—¿De qué está hablando? —preguntó Torte—. Ruidos raros, Lornsen, rondas nocturnas.

¡Vaya, hombre! Sardine se mordió los labios de la rabia. Los Pigmeos se iban a enterar de la historia.

—Ah, estábamos charlando un rato sobre el fantasma de la granja escuela. —El señor Staubmann apagó el cigarrillo y volvió a enfrascarse en el periódico—. Sólo quería saber si alguien había oído ayer lo que pasó entre las diez y las once. Pero está claro que el fantasma está temporalmente de vacaciones.

—¿Un fantasma? Vaya. —Torte parecía entusiasmado—. Venga, contádmelo.

—Averígualo tú mismo —replicó Sardine en tono cortante.

—Pues vale —respondió Torte molesto—. Te apuesto lo que quieras a que lo descubriré, gallina idiota.

—Oye, oye, oye —intervino el señor Staubmann desde detrás de su periódico—. No admito hostilidades en mi presencia. El resumen de la historia es el siguiente: por la granja escuela deambula un fantasma de doscientos años, que ya en vida tenía un carácter más bien desapacible, por así decirlo. El resto os lo contaré en el camino de regreso.

—¡Vale! —Torte se levantó de un salto—. Ahora mismo se lo cuento a los demás. A lo mejor es verdad que aquí hay cosas más emocionantes que agua y esas dichosas tumbas que no tienen nada dentro.

Salió a toda velocidad en busca de los otros. Al cabo de un segundo, los Pigmeos estaban inclinados sobre la esquina de la mesa del fondo, cuchicheando. El hecho de que Wilma merodeara por la mesa de al lado no les llamó la atención.

—¿Creéis que esa historia es verdad? —preguntó Trude en susurros—. Yo siempre he querido encontrarme un fantasma, pero es que éste parece bastante asqueroso.

—Pero está claro que no es peligroso —dijo Melanie— porque, en realidad, no hay ningún fantasma.

Trude se mordió una uña.

—De eso no estoy tan segura.

—Ya, porque ves demasiadas películas de esas estúpidas —se burló Melanie. Se recostó en la silla y miró a los chicos.

—Bueno, un fantasma de verdad no puede ser, eso está claro, pero a lo mejor... —Sardine se frotó la nariz con fuerza, como hacía siempre que se quedaba pensativa— a lo mejor alguien ronda por la casa porque ha ente-

rrado allí algo terrible y no quiere que nadie se ponga a excavar en la playa y lo encuentre.

—¿Algo? ¿A qué te refieres? —Trude resopló.

Sardine se encogió de hombros con un gesto muy expresivo.

—Oh, Dios mío, ¡qué horror! —exclamó Trude, muy pálida.

—No, ¿sabéis lo que creo yo? —dijo Melanie—. Pienso que si de verdad hay un fantasma, es para atraer a los turistas ricos.

—¿En serio? —Trude parecía decepcionada—. Pero ésa sería una explicación muy aburrida.

—Yo también había contemplado esa posibilidad —intervino el señor Staubmann desde detrás de su periódico—. Pero entonces, ¿por qué en la granja escuela? Allí apenas reciben turistas, y mucho menos a ricachones.

—¡Es verdad! —dijo Sardine aliviada—. Eso no puede ser.

—A lo mejor son extraterrestres. —Trude bajó el tono de voz—. Los extraterrestres sí que existen. Mi padre vio una vez un ovni. De verdad. Justo encima de nuestro balcón.

—Ése es otro tema interesante —admitió el señor Staubmann dejando a un lado el periódico—. Pero me temo —añadió, posando la mirada en su reloj— que ya va siendo hora de regresar, y rapidito, o nos perderemos la comida.

Por poco se pierden la comida. El señor Staubmann
los llevó a toda prisa hasta la granja escuela. Frida fue
todo el camino con Matilda, Wilma estuvo espiando a los
Pigmeos, y Trude, Sardine y Melanie fueron hablando de
la historia del señor Staubmann. Aunque en realidad no
tuvieron mucho tiempo para charlar, porque después de
que el señor Staubmann les relatara a los Pigmeos la historia de Jap Lornsen con todo lujo de detalles, el profesor tuvo a toda la clase cantando canciones marineras.
Fue bastante espantoso.

Afónicos y sin aliento se arrastraron hasta el come-
dor y se distribuyeron en las últimas mesas libres que
quedaban. Sardine, Melanie y Trude se sentaron en una
mesa. Frida miró a Sardine con gesto sombrío y se sentó
en otra diferente con Matilda. En lugar de Frida fue Wilma la que, sin aliento, se abrió hueco como pudo entre
las Gallinas Locas.

—¡Tengo algo! —anunció, jadeante—. He oído algo.
Hasta dos.

—¿Dos qué? —preguntó Sardine.

—¡Informaciones secretas, de máxima calidad! —musitó Wilma.

Sardine echó un vistazo a su alrededor, pero los Pigmeos se habían sentado muy lejos. Además, en ese momento se estaban peleando a grito pelado con los chicos de la mesa de al lado. Cuando a Willi se le ocurrió la idea de lanzar puré de patata, el señor Staubmann intervino y decidió repartir entre Fred, Willi y otros dos chicos de la otra mesa las tareas de la cocina. Sardine se dirigió de nuevo a Wilma.

—Cuenta.

—Al parecer hay un fantasma —exclamó Wilma—. En la granja escuela.

—Eso ya lo sabemos —replicó Melanie.

—¡Anda! —murmuró Wilma decepcionada—. ¿Y cómo os habéis enterado?

—Nos lo ha contado el señor Staubmann —señaló Trude.

—Sí, y por desgracia Torte también se ha enterado —gruñó Sardine.

—¿Y también sabéis que los Pigmeos quieren cazar al fantasma? —preguntó Wilma en susurros.

Sardine frunció el ceño.

—Ah, ¿sí? ¿Y cómo?

Wilma se encogió de hombros con cierto pesar.

—De eso van a hablar esta noche.

—¡Jo! —Sardine tomó otra cucharada de puré de patatas, aunque se le quedaba pegado en el paladar—. Y nosotras sin el intercomunicador. No creo que Frida nos lo deje. Sólo por miedo a que el tonto de Torte empiece a desvariar sobre cosas de amor.

—Pero no pasa nada —dijo Melanie—. De todas for-

66

mas van a intentar cazar a un fantasma que no existe. Por mí, como si quieren encontrar al monstruo del lago Ness. Mmm, el *chucrut* no está nada mal.

—¿Qué monstruo? —preguntó Trude.

Ella se había servido una ración mínima de *chucrut*, mientras que Melanie había repetido y ya iba por la segunda.

—¿Y cuál es la segunda información? —preguntó Sardine.

Volvió a echar un vistazo a su alrededor. Fred, Willi y Torte habían acabado ya de comer, pero Steve se estaba volviendo a llenar el plato.

—Nos han echado una porquería en las almohadas —susurró Wilma—. Durante el desayuno, cuando Willi y Steve dijeron que iban al baño. Se llama algo así como rasca-rasca, creo. Steve lo ha conseguido en la tienda donde compra sus chismes para hacer magia.

—¡Polvos pica-pica! ¡Han comprado polvos pica-pica! —Melanie se estremeció—. Qué horror, ahora sí que se han pasado. Y encima sabiendo que Trude tiene alergia a miles de cosas.

—Sólo de pensarlo ya me pica todo —murmuró Trude.

—Esos condenados se van a enterar de lo que es bueno —musitó Sardine—. Las fundas de las almohadas se pueden intercambiar, ¿verdad?

Trude y Melanie se dieron con el codo y empezaron a reírse.

—¡Wilma! —Melanie le dio unas palmaditas de felicitación a la espía—. Creo que eres una auténtica Gallina Loca.

—¡Oh, gracias! —Wilma sonrió, un poco avergonza-

da. Miró de reojo a Sardine, pero ella fingió estar concentrada en la comida.

—¡Sardine! —Trude se inclinó sobre la mesa—. ¿Qué te parece? ¿Por qué no dejamos que Wilma haga el juramento de las Gallinas esta noche?

—Va todo demasiado deprisa, ¿no? —replicó Sardine, disconforme.

Wilma, desilusionada, se puso a comer puré de patata de mala gana.

—¡Oh, venga! —Melanie apartó el plato y empezó con el postre. Trude la miró con envidia—. ¿Por qué quieres tener a la pobrecita Wilma esperando tanto tiempo? Yo creo que esta noche tendría que convertirse en una Gallina.

—Yo también —intervino Trude—. Y Frida —dirigió la mirada hacia ella—, seguro que Frida no tendría nada en contra.

—¡Así que somos mayoría! —exclamó Melanie, dirigiendo una sonrisa sarcástica a Sardine.

—Vale, vale —refunfuñó Sardine—. Por mí, de acuerdo. Si no fuera por ella, me habría pasado toda la noche rascándome. Lo de espiar a los Pigmeos fue una buena idea.

—¿Una buena idea? —Fred apareció de pronto detrás de Sardine y le apoyó la barbilla en el hombro—. Las Gallinas nunca tienen buenas ideas.

Sardine lo empujó con rabia para que se apartara.

—Lárgate —le espetó—. ¡Pero si en vez de cabeza tienes un balón de fútbol...!

—¡Vamos a encontrar al fantasma antes que vosotras! —exclamó Steve. Y de la emoción le salió un gallo—. Seguro.

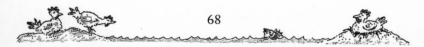

—¡Bah, el fantasma! —Sardine puso cara de aburrimiento—. Os lo dejamos para vosotros con mucho gusto. Ya somos muy mayores para creer en esas tonterías.

—Eh, que nosotros tampoco nos lo creemos —advirtió Fred, indignado—. ¿O es que nos consideráis tan tontos como para creer en fantasmas? ¿Sabéis una cosa? —Fred se inclinó tanto sobre la mesa que su nariz estuvo a punto de chocar con la de Sardine—. Lo que pasa es que no os atrevéis a hacer una apuesta. Me juego lo que queráis a que nosotros descubrimos primero qué es lo que hay detrás de la historia del fantasma.

—Menuda tontería —replicó Melanie—. No hay nada detrás de esa historia. ¿Qué pensáis descubrir?

Pero Sardine clavó la mirada en Fred, se mordió los labios y dijo:

—Aceptamos: nos apostamos lo que queráis.

—¡Un baile con la Gallina que nosotros elijamos! —exclamó Torte.

Willi no mostró mucho entusiasmo, pero Fred y Steve esbozaron una sonrisa de oreja a oreja.

—Buena idea, Torte —dijo Fred—. ¿Entonces qué? ¿Aceptáis?

—Como queráis —dijo Sardine, encogiéndose de hombros—. De todas formas, vamos a ganar...

—Y si ganamos nosotras —exclamó Wilma—, tendréis que llevarnos las maletas durante todo el viaje de vuelta.

—Vale —aceptó Fred—. Pero ¿desde cuándo eres tú una de las Gallinas Locas?

Wilma apretó los labios, asustada. La espía de las Gallinas Locas se había desenmascarado a sí misma.

—No, no lo es —intervino Sardine—. Pero la propuesta está bien: aceptamos.

Las Gallinas Locas y los Pigmeos sellaron el acuerdo con un apretón de manos.

—¿Y qué pasa con Frida? —preguntó Torte—. ¿Es que ya no va con vosotras?

—Pues claro que sí. —Sardine le lanzó una mirada llena de rencor. Aquel enano tenía la culpa de que ella hubiera discutido con su mejor amiga—. Ella también entra en el pacto.

—¿Me lo prometes? —Torte miró fijamente a Frida.

—Te lo prometo —respondió Sardine.

Ahora sólo faltaba darle la noticia a Frida.

—¡Otra vez están jugando al futbolín! —Wilma subió por la escalera casi sin aliento. Era una informadora de primera—. Han organizado un torneo con Titus, Bernd y los gemelos.

—¿Todos? —preguntó Sardine.

—Bueno, juegan cada partida dos contra dos, pero se van turnando. —Wilma esbozó una sonrisa burlona—. Están totalmente concentrados en el juego.

—Entonces, vamos —dijo Sardine, satisfecha.

Entraron como un rayo en la habitación. Nora no estaba, había ido abajo para escribir unas postales. Pero Frida estaba sentada junto a la ventana contemplando el mar. Cuando las otras irrumpieron atropelladamente en la habitación, ella volvió la mirada.

—¿Qué pasa ahora?

—Los Pigmeos nos han puesto polvos pica-pica en las almohadas —anunció Trude—. Y ahora queremos cambiarles nuestras fundas por las suyas.

—¿Polvos pica-pica? —Frida arrugó la nariz—. ¡Puaj!

—¿Nos ayudas? —preguntó Sardine con una tímida sonrisa.

Frida titubeó durante un instante.

—Vale —dijo luego, encogiéndose de hombros.

Con cautela y mucho cuidado, las Gallinas Salvajes levantaron las almohadas y las llevaron hasta la puerta, que Wilma sujetaba. Luego Wilma corrió a por su almohada y las siguió. Era una procesión un tanto peculiar.

—Pero ¿qué pasa aquí? —El señor Staubmann fumaba junto a la ventana abierta del pasillo.

—Ah, sí, bueno... —Sardine no fue capaz de inventarse una explicación tan de improviso.

—Da igual. —El señor Staubmann se llevó de nuevo el cigarrillo a la boca—. Olvidaos de la pregunta. —A continuación se volvió y les dio la espalda.

Las cinco prosiguieron apresuradamente la marcha.

En la puerta de los Pigmeos había pegada una hoja de papel con una calavera mal dibujada.

—¿Se supone que esto ha de darnos miedo? —preguntó Melanie.

—Pues yo creo... —Sardine pegó la oreja a la puerta para comprobar si se oía algo— yo creo que la calavera no es ni la mitad de horrible que tus uñas verdes.

—¡Ja, ja! —Melanie le sacó la lengua, enfadada.

—Bueno, ¿se oye algo? —susurró Trude.

—No, pero esperad un momento. —Sardine se agachó—. ¡Anda! No tienen ni un pelo de tontos, los tíos. Nosotras deberíamos hacer lo mismo, pero mejor, claro.

—¿Qué quieres decir? —Las demás la miraban atónitas por encima de los hombros.

—Han pegado un papelito aquí abajo, entre la puerta y el marco —dijo Sardine mientras despegaba el papel con

mucho cuidado—. Si hubiéramos entrado sin mirar, el papel se habría roto y ellos habrían sabido que hemos estado aquí. Pero como son un poco tontos, han puesto un papel tan grande que lo he visto al poner la oreja en la puerta.

Mantuvo la almohada en equilibrio con una sola mano, abrió la puerta y se coló con rapidez en el interior. Las demás la siguieron. Intercambiaron las almohadas lo más rápido que pudieron.

—¿Y a quién le doy yo mi almohada? —preguntó Wilma—. La mía sobra.

—Pónsela a Fred —dijo Sardine—. Le gusta hacer el papel de jefe. Así que le tocan dos almohadas. —Echó un vistazo con curiosidad—. ¡Pero ¿habéis visto?! Si hasta han colgado pósters de fútbol.

—Y una bandera. —Wilma se dirigió con asombro hacia aquella inmensa tela—. Pero ¿de qué país es?

—Es de un equipo de fútbol. —Melanie torció la boca—. Qué tontos.

—Bueno, tú en vez de eso tienes pósters colgados de no sé qué cantante —dijo Frida—. Es más o menos lo mismo, ¿o no?

—Si hasta le dio un beso de despedida a uno de los pósters —se rió Trude.

—¡Cállate! —le gritó Melanie, y la cara se le llenó de manchas rojas.

—Vale. —Sardine se dirigió con sigilo hacia la puerta—. Vámonos de aquí.

Se deslizaron de nuevo hasta el pasillo. Con mucho cuidado, Sardine volvió a pegar el papelito en la parte inferior de la puerta y la procesión de las almohadas comenzó a desfilar por el pasillo. El señor Staubmann sacudió la cabeza al ver el espectáculo.

Para ir al museo, por suerte, cogieron el autobús. A eso de mediodía se había nublado, y nada más montar en el autobús, comenzó a llover. Unos oscuros nubarrones cubrían el paisaje.

—¡Qué pena, a este paso no podremos bañarnos! —resopló Melanie.

—Pues menos mal —dijo Sardine, a quien no le gustaba demasiado el agua. Y sobre todo, detestaba las ahogadillas, algo en lo que los Pigmeos eran especialistas.

Cuando bajaron del autobús, lo primero que vieron fue un inmenso arco construido con mandíbulas de ballena que recordaba la época en que la isla vivía de la caza de ballenas. Detrás se hallaba la enorme casa con tejado de paja que acogía el museo.

—¡Qué asco! —protestó Torte en voz alta, mientras pasaba entre los blancos pilares de aquel extraño arco—. No me gusta nada estar debajo de los esqueletos de unos peces cantores asesinados.

—Las ballenas no son peces —replicó Wilma, que lo empujó hacia delante.

—Sí, bueno, eso ya lo sé. —Torte hizo una mueca—.
Porque no ponen huevos. ¿Qué más da, si tienen forma
de pez? ¿No?

—¿Sabes una cosa? —La señorita Rose le puso la mano encima del hombro—. Precisamente a cuenta de ese
asunto tuve de niña una terrible discusión con mi profesor
de ciencias. Y sigo pensando que las ballenas son peces.

—Bah, de todas formas a ellas les da igual cómo las
llamemos —gruñó Willi—. Lo más importante es que
las dejemos en paz.

Torte, todavía un poco sorprendido, miró de reojo a
la señorita Rose.

—¿Usted tenía un profesor de ciencias?

—Uno horrible —le susurró la señorita Rose al
oído—. Absolutamente monstruoso.

Delante de la puerta del museo los esperaba un hombre de baja estatura, gordinflón, con patillas y camisa de
pescador. Al ver que la clase alborotada se aproximaba al
museo, miró a los niños con cierto recelo.

—¡Os pido por favor un poco de silencio! —exclamó la
señorita Rose—. Éste es el señor Appelklaas, la persona
que tendrá la amabilidad de guiarnos por el museo. Dentro
tendréis que seguir algunas normas: no toquéis nada... —el
señor Appelklaas asintió enérgicamente con su cara mofletuda— no tiréis nada y, sobre todo, prestad atención.

—La última norma —añadió el señor Staubmann, le-
vantando ligeramente el tono de voz— debéis cumplirla a
rajatabla por vuestro propio bien, ya que en casa disfruta-
réis del placer de escribir una redacción sobre el museo.

La clase respondió con un murmullo general de pro-
testa.

El señor Appelklaas sonrió con gran regocijo.

En aquel pequeño museo había una cantidad asombrosa de cosas interesantes: trajes tradicionales antiguos y armas de la época de los vikingos, aves marinas disecadas y un camarote auténtico de un capitán. En cuanto a las piezas de la época en que prácticamente toda la isla vivía de la caza de ballenas —arpones, cuchillos y cuadros gigantescos—, en general todos las contemplaron con cierto horror. Por lo demás, cada uno se quedó fascinado con algo. Melanie estuvo mucho rato delante de las joyas antiguas y los trajes tradicionales de las fiestas, y a Steve lo pillaron tocándole los pechos a un mascarón de proa, algo que escandalizó al señor Appelklaas.

En la última sala se exponían retratos de capitanes y sus familias, de alcaldes y pastores protestantes y, por último, de Jap Lornsen, el guardacostas bandido.

—¡Ése es! —le susurró Wilma a Sardine al oído—. ¿Te lo imaginabas así?

—No. —Sardine negó con la cabeza—. Tiene cara de bueno. Seguro que ahora de fantasma no tiene el mismo aspecto.

Las Gallinas Locas y los Pigmeos se empujaron mutuamente para ver quién conseguía acercarse más al retrato.

—Pero no tiene ninguna pinta de criminal —murmuró Frida. Los demás le habían aclarado durante el trayecto en autobús todos los detalles de la historia del señor Staubmann y le habían contado la apuesta que habían hecho con los Pigmeos, aunque ella no se había mostrado especialmente entusiasmada con las condiciones.

—No, es que de hecho Jap Lornsen no tenía aspecto de criminal —aseguró el señor Appelklaas—. Por eso pudo llevar una doble vida durante tantos años y pasar por un ciudadano respetado en la isla.

—¿Y es verdad que ahora anda rondando por ahí? —preguntó Fred.

El señor Appelklaas cruzó una mirada de complicidad con el señor Staubmann.

—En efecto, eso es lo que se cuenta. Algunos mantienen que por eso su lápida, que se encuentra en el cementerio de esta isla, está tan torcida.

—¡Qué horror! —musitó Steve. Atemorizado, clavó la mirada en los ojos azul cristalino de Jap Lornsen.

—¿Y qué es lo que hace? —pregunto Willi—. O sea, ¿qué hace cuando aparece?

—Ah, se cuenta que se lamenta y que araña las paredes —relató el señor Appelklaas. Complacido, recorrió con la mirada a todos los niños que lo escuchaban: no se oía ni una mosca. Raras veces le habían prestado tanta atención—. Además, sus pisadas dejan huellas mojadas. También se dice que cuando vaga de noche por la playa en la que mataba a golpes a sus pobres víctimas, al día siguiente se encuentran unas cuantas monedas en la arena, como si quisiera pagar por sus pecados. —El señor Appelklaas se balanceaba sobre las puntas de sus pies—. Eso es lo que cuenta la leyenda. La leyenda —se volvió hacia el polvoriento retrato del guardacostas— de Jap Lornsen, el saqueador más terrible que esta isla haya conocido jamás. Y eso que ha conocido muchos. —El señor Appelklaas miró a su alrededor—: ¿Alguna pregunta?

—¿Hay algún retrato de la mujer? —preguntó Melanie—. ¿Está el de la mujer que lo envenenó?

—Desgraciadamente creo que en eso no podemos ayudarla —respondió el señor Appelklass, apenado—. Pero sí que sabemos unas cuantas cosas sobre ella. Por ejemplo, su nombre. Se llamaba Friederike Mungard y

no tenía para pagar a un pintor que la retratara. Se trataba de un lujo que no todo el mundo podía permitirse.

—Qué lástima —murmuró Trude.

—¿Y qué fue de ella? —preguntó Sardine.

—¡Pues qué va a ser! —Torte se agarró el cuello—. ¡Zas! La ejecutaron.

—Qué va —intervino el señor Appelklaas, negando con la cabeza—. Después de lo sucedido huyó con sus cuatro hijos. Supuestamente escapó en una barca de pesca que la llevó a las islas vecinas o al continente. Algunos dicen que mucha gente de la isla la ayudó a huir.

—¡Qué romántico! —suspiró Wilma.

—No, lo cierto es que no —dijo el señor Appelklaas—. Y no creo que después de aquello su vida de viuda fuera romántica: con cuatro niños, sin dinero, sin nada... No, seguro que no. En fin —el señor Appelklaas le lanzó una mirada interrogativa al señor Staubmann—, creo que ya hemos acabado con esta parte. Propongo que ahora nos centremos en los cazadores de ballenas.

—Otra panda de criminales —murmuró Fred.

Pero el señor Appelklaas no lo oyó.

Cuando regresaron del museo, era ya la hora de cenar. Y después se hizo de noche. Sin embargo, Sardine se las arregló para convencer al señor Staubmann para que las acompañara un rato a la playa. Mientras él fumaba sentado en la arena, las Gallinas Locas rastreaban la playa con sus linternas en busca de alguna moneda de Jap Lornsen. Por desgracia, al cabo de poco tiempo aparecieron los Pigmeos. Fred había persuadido al encargado de la granja escuela para que les dejara un quitanieves que removía la arena como una excavadora.

—Bueno, menos mal que mañana Fred y Willi tienen

que ayudar en la cocina —dijo Sardine, que miraba hacia los chicos con desconfianza.

—¡Con un poco de suerte no encontrarán nada! —resopló Wilma.

Hasta entonces las chicas habían desenterrado unos cuantos cangrejos, conchas y latas de cerveza vacías.

—¡He encontrado algo! —exclamó Trude de pronto—. Una moneda. Ahí.

Los Pigmeos soltaron el quitanieves y volvieron la mirada hacia ellas.

Melanie alumbró el hallazgo de Trude con la linterna.

—Es una moneda normal de las de ahora —dijo.

Aliviados y con una sonrisa sarcástica, los Pigmeos volvieron a la tarea. Pero como apenas veían en la oscuridad, ellos tampoco dieron con nada interesante. Después de media hora, las chicas se cansaron. Se habían quedado congeladas, a pesar del esfuerzo que suponía excavar, y tenían la piel húmeda por la brisa del mar. Los labios les sabían a sal. También los chicos habían desistido, estaban en cuclillas en la arena y cuchicheaban en secreto. Las Gallinas se dejaron caer en la arena y observaron el mar malhumoradas. Frida era la única que no había perdido del todo el buen humor.

—Podría quedarme aquí sentada durante horas —murmuró—, ¡es tan bonito! Cuando cierras los ojos, la brisa del mar te recorre de arriba abajo.

Trude cerró los ojos.

—Sí —dijo—. Uno la nota justo en el estómago.

—Pues yo tengo frío en la espalda —dijo Melanie—. Me voy para adentro. De todas formas esto es una tontería.

En aquel momento el señor Staubmann llegó de las dunas, caminando a trompicones, y se plantó delante de ellas.

—Bueno, ¿suficiente por hoy? —les preguntó.

—Sí. —Sardine se incorporó—. Ha sido una tontería venir aquí a buscar a oscuras.

—¡Ahí! —exclamó Trude. Dirigió la mano a la arena, a tan sólo un palmo de distancia de los zapatos del señor Staubmann.

—¿Qué hay? —preguntó Melanie aburrida—. ¿Otra moneda normal? Venga, vamos dentro de una vez. Yo necesito un té bien calentito.

—¡Pero mirad! —exclamó Trude—. Ahí, ésas sí que parecen muy antiguas.

Las demás se inclinaron con incredulidad sobre la mano de Trude, cubierta de arena. Los Pigmeos se levantaron de un salto para acercarse también hasta allí. Trude había encontrado tres monedas grandes, cubiertas por una capa de arena, con un escudo de armas en una cara y un diez en la otra.

—Mire, señor Staubmann —dijo Frida.

El profesor cogió las monedas de la mano de Trude y las contempló con mucha atención.

—Uy, esto hace ya mucho tiempo que no se usa —afirmó—. Yo no soy ningún experto, pero sin duda podría ser parte de la infame fortuna de Jap Lornsen.

Nada más volver a ponerle a Trude las monedas en la mano, ésta la cerró.

—Eh, Trude, esta noche sí que vas a tener que cerrar bien la puerta —dijo Fred—. Todo el mundo sabe que los fantasmas siempre vuelven a por su dinero.

—Sí, es verdad —exclamó Torte—. Pero cerrar con llave no sirve de nada. El viejo Jap no tendrá problemas para atravesar la pared.

—¡Ya basta! —exclamó Sardine, enfadada—. Lo que

pasa es que os da envidia porque no las habéis encontrado vosotros.

Trude se mordía los labios con nerviosismo y tenía la mano en la que llevaba las monedas bien metida en el bolsillo.

—Vamos, Trude. —Sardine tiró de Trude hacia ella—. No les hagas caso a estos majaderos.

Las Gallinas Locas siguieron al señor Staubmann hasta la casa. Las ventanas iluminadas eran una visión tranquilizadora tras la oscuridad de la playa.

—¡Uuuuuuuuuh! —ululaban los Pigmeos por detrás—. ¡Eeeeesta noooooche noooos llevareeeeemos a la gorda de Truuuuuuude!

—¡Serán bestias! —exclamó Wilma, que les lanzó un puñado de arena a la cara—. ¡Enanos miserables!

—Tú no les hagas ni caso —le susurró Sardine a Trude al oído—. Cuando se enfadan se ponen más desagradables de lo normal.

—¡Es verdad! —Melanie se cogió del brazo de Trude—. Pero dentro de poco —bajó la voz para que el señor Staubmann no la oyera—, dentro de poco lo único que harán será rascarse, y no podrán pensar en nada más.

—¡Si a mí me importa un bledo lo que digan! —Trude se sorbió la nariz—. Pero de todas formas preferiría que una de vosotras se quedara con las monedas. Como vosotras no creéis en los fantasmas...

Las demás Gallinas se miraron entre sí. Ninguna de ellas extendió la mano.

—¡Dámelas a mí! —dijo Frida al fin—. A mí me dan mucho miedo los ladrones vivos. Pero éste, estoy totalmente segura de que vivo, lo que se dice vivo, no está.

Después de asearse, cerraron la puerta con llave. Sardine incluso encajó una silla debajo del picaporte. Nora estaba tumbada en su cama y, por supuesto, criticó todas aquellas medidas de seguridad, pero las Gallinas no le hicieron ni caso y se dedicaron a organizar los preparativos para el juramento de Wilma. Melanie pensaba que debían decorar la habitación para la ocasión, y colgó su pañuelo de seda rosa delante en la ventana. También quería ponerle un lazo al peluche de Sardine, pero ésta se lo prohibió. Frida preparó un té de rosas, Trude encendió algunas de las velas que se había llevado de casa y Wilma fue a por tazas. Por culpa de los nervios, una se le cayó al suelo, pero por suerte no se rompió.

—¿Habrán apoyado ya los Pigmeos la cabeza en las almohadas? —preguntó Sardine de pronto.

—Probablemente esperarán hasta que nosotras nos vayamos a dormir —respondió Melanie—. Pero pueden ir esperando.

Se sentaron todas alrededor de la mesa.

—Nora, ¿podemos apagar la luz un momento? —preguntó Frida.

—Y eso, ¿por qué?

—Para crear ambiente de ceremonia —contestó Trude—. Es que Wilma va a hacer ahora el juramento.

De la cama de Nora salió un fuerte suspiro.

—¡Dios mío, mira que sois infantiles! Cinco minutos, ni uno más.

A la luz de las velas aquella fría habitación presentaba un aspecto mucho más solemne.

—Bueno, Wilma —dijo Sardine—, ¿aún quieres ser una Gallina Loca?

—¡Sí! — susurró Wilma.

—Entonces, levántate y repite conmigo...

Wilma saltó de la silla tan rápido que estuvo a punto de tirar su taza de té.

—Juro... —comenzó Sardine.

—Juro —repitió Wilma.

—... que guardaré los secretos de las Gallinas Locas —prosiguió Melanie.

—... que guardaré los secretos de las Gallinas Locas —susurró Wilma.

—... en mi alma y mi corazón, que no los revelaré jamás... —continuó Trude.

—... en mi alma y mi corazón, que no los revelaré jamás... —repitió Wilma.

—... y que caeré totalmente muerta allí donde esté si alguna vez lo hago —terminó Frida.

Wilma tragó saliva.

—... y que caeré, eh, que caeré totalmente muerta si alguna vez lo hago.

Nora se rió. Se lo estaba pasando bomba.

—¿Y qué significa totalmente muerta? —preguntó—. ¡Como si pudiera caer un poco muerta!

—Oh, cállate —le espetó Sardine, molesta—. Escupid en vuestro dedo. Tú también, Wilma.

Las cinco se escupieron en el dedo índice y luego frotaron unos dedos con otros sobre la mesa.

—Pues ya está —anunció Sardine—. Ahora somos cinco.

—¡Somos más! —Melanie se limpió minuciosamente el dedo con un pañuelo de papel—. Cinco contra cuatro. Ahora los Pigmeos van a tener que andarse con más ojo. —Le dio un golpecito a Wilma en el brazo—. ¿Cómo te sientes ahora que eres una auténtica Gallina Loca?

—Genial —susurró Wilma.

—Ahora lo único que necesitas es una pluma de gallina de verdad —dijo Frida—, pero Sardine te puede conseguir una del gallinero de su abuela.

—Pero no puedo decir cuándo —gruñó Sardine—. Mi abuela y mi madre llevan otra vez una semana sin hablarse. De momento tendrás que conformarte con la de gaviota.

—¡La luz! —exclamó Nora—. ¡Que tengo ganas de leer, hombre! Maldita sea, me pica todo. ¿Es que habéis traído un gato a la habitación? ¡Tengo alergia a los gatos!

—¡Oh, vaya! —Trude se rió—. ¿Sabéis qué? ¡Nos hemos olvidado por completo de su almohada!

—¡Es verdad! —Melanie y Frida también comenzaron a reírse. No podían contenerse.

—¿De qué estáis hablando? —gruñó Nora—. ¿Qué es eso de que os habéis olvidado de mi almohada? ¿Qué queréis decir?

—Los Pigmeos han puesto polvos pica-pica en las al-

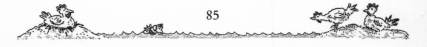

mohadas —explicó Sardine. Con una amplia sonrisa socarrona volvió a encender la luz—. Las nuestras las hemos llevado a su habitación. Pero se nos ha olvidado la tuya.

—¿Polvos pica-pica? —Nora se rascaba la cabeza y la nuca como una loca—. No me lo puedo creer. De verdad, es que no me lo puedo creer. —Bajó de la cama de un brinco y corrió hacia el pequeño lavabo que tenían dentro de la habitación.

—¿Qué notas? —preguntó Wilma—. ¿Polvos pica-pica?

Nora se limitó a lanzarle una mirada asesina furibunda como respuesta.

—¡Será posible! Ahora tendré que lavarme hasta el pelo —refunfuñó—. Y todo por culpa de vuestras bromitas infantiles.

—Yo puedo dejarte un champú estupendo —le ofreció Melanie con una sonrisa angelical.

Nora ni siquiera se dignó mirarla.

—¿Y qué sabemos de los chicos? —Sardine se apoyó en la puerta para comprobar si se oía algo—. Ni un ruido. Bueno, pues ya podemos ver tranquilamente las monedas de Trude.

—Aquí están. —Frida las puso sobre la mesa.

Trude las contempló con orgullo de propietaria... y con cierto recelo.

—Parecen muy antiguas, ¿verdad? —comentó.

Melanie frunció el ceño y con sus uñas verdes quitó un poco de arena del metal mellado.

—¿Y qué? Eso no significa, ni mucho menos, que las haya perdido el fantasma de ese tal Lornsen. Yo sigo creyendo que todo esto es un cuento para los turistas.

—De todas formas, yo esta noche vigilaré la playa desde la ventana —dijo Sardine—, pero antes voy a acercarme con mucho cuidado a ver a los Pigmeos. —Se dirigió a la puerta—. Debe de ser un espectáculo genial verlos a todos rascándose como monos llenos de piojos. Si me lo perdiera, no me lo perdonaría nunca. —Apartó la silla hacia un lado y giró la llave de la puerta—. ¿Alguien se apunta?

—¡Yo! —dijo Wilma.

Nora, rabiosa, se envolvió la cabeza mojada con una toalla.

—¡Espero que os frían! —bufó—. Que es lo que hay que hacer con las gallinas estúpidas.

Trude agarró a Sardine por una manga.

—¿No sería mejor que os quedarais aquí? Lo digo por lo del fantasma.

—Qué tontería. —Sardine se abrió camino hacia la puerta y salió con Wilma—. Es demasiado temprano para los fantasmas. Cerrad la puerta con llave cuando nos vayamos y no dejéis entrar a nadie, ¿vale?

—¡Vale! —asintió Melanie, y giró la llave cuando se fueron.

En el pasillo la oscuridad era total. Sólo salía algo de luz por las rendijas de las puertas. En las habitaciones se oían carcajadas, y en alguna parte alguien saltaba encima de la cama chirriante. La habitación de la señorita Rose estaba en silencio, pero por debajo de la puerta se veía una fina línea de luz. La habitación del señor Staubmann estaba a oscuras.

—¿Encendemos la luz del pasillo? —preguntó Wilma en susurros.

—¿Por qué no? La encendemos y ya está, hacemos como si quisiéramos ir otra vez al cuarto de baño.

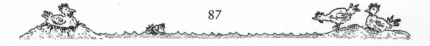

Sardine apretó el interruptor, pero no ocurrió nada.

—Qué raro —murmuró—. ¿Tienes tu linterna?

—Se me ha olvidado —susurró Wilma.

—No pasa nada —contestó Sardine, también en susurros—. Vamos.

Avanzaron cuidadosamente. En el cuarto de baño se oía mucho ruido de chapoteo. Y muchas maldiciones. Maldiciones de rabia. Maldiciones de los Pigmeos.

—¡Escucha eso! —se rió Sardine—. Los señores están ya en la ducha. Están intentando quitarse esa porquería de encima. ¡Ja! Otro punto para las Gallinas.

—¡Que te crees tú eso! —gruñó alguien detrás de ellas.

Wilma soltó un gritito agudo. Sardine se dio la vuelta asustada. Alguien la agarró y le tapó la boca. Aquella forma de agarrar le resultaba conocida: sólo podía tratarse de Willi. Fred le había hecho una llave a Wilma. Seguro que eso era más agradable.

—Willi y yo hemos hecho una pequeña guerra de almohadas —dijo Fred—. Gracias a eso ahora no nos pica la cabeza, ¿verdad?

Sardine puso cara de rabia. No podía hablar porque la mano congelada de Willi le tapaba la boca. Intentó mordérsela, pero no lo logró.

Wilma miraba con desesperación por encima de la mano de Fred. Sardine intentó pisar a Willi, pero tampoco lo consiguió. Y es que Willi tenía ya mucha práctica en eso de atrapar a prisioneros.

—¡Vamos, Willi, a su habitación! —susurró Fred—. Pero cuidado, que la de la señorita Rose está casi delante. ¿Llevas nuestro regalito?

Willi asintió.

Vaya, la señorita Rose. Sardine estaba pensando en tirarle del pelo a Willi. Pero si la señorita Rose se enteraba de las batallas que había entre pandillas, les echaría la bronca a todos. Y sería una de las gordas. La señorita Rose no quería ni oír hablar de pandillas.

De modo que Sardine se dejó arrastrar hasta la habitación de las Gallinas. Wilma pataleaba y se retorcía, pero Fred no la soltaba.

—¡Eh, las de dentro! —Golpeó la puerta tres veces—. Abrid.

Durante unos instantes todo se quedó en silencio. Luego se oyeron susurros tras la puerta.

—No pensamos abrir —respondió Melanie.

—Pensar nunca ha sido vuestro fuerte —dijo Fred en voz baja.

—¡Tenemos a Sardine y a Wilma! —murmuró Willi a través del ojo de la cerradura—. Y como no abráis les vamos a hacer cosquillas hasta que digan basta.

Aquello fue demasiado para Sardine. Daba igual lo que dijera la señorita Rose: ella no permitiría que la tomaran como rehén. Ni hablar.

De un empujón consiguió que Willi le soltara un brazo, lo agarró del pelo y tiró con todas sus fuerzas. Willi bramó como una bestia. Sólo relajó los músculos durante el primer instante de pánico, pero a Sardine eso le bastó para soltarse a la velocidad del rayo. Cuando a Willi le daba uno de sus arrebatos de ira, no convenía estar cerca; y en aquel momento tenía uno. Con la cara desfigurada por la rabia, intentó empujar a Sardine contra la pared, pero ella logró esquivarlo y saltar encima de Fred para ayudar a Wilma.

En aquel momento se abrió la puerta.

Sardine no entendía nada.

Apoyada en el marco de la puerta estaba Nora, con la toalla enrollada aún en la cabeza.

—Ya está bien, ¡se acabó! —les increpó—. Se acabaron los jueguecitos de niños de una vez por todas, ¿entendido?

Melanie avanzó hasta ponerse a su lado y bloqueó la puerta. Tenía manchas rojas en la cara.

—Nosotras no queríamos abrir —aseguró sin aliento—, pero esta idiota se nos ha adelantado. —Miró con rabia a Fred—: Soltadlas a las dos. No vais a entrar, aunque aquí dentro tengáis una cómplice tan encantadora.

Nora le sacó la lengua.

—Si nosotros no queremos entrar —dijo Fred con sorna—. Sólo queremos daros un regalito.

Willi sacó algo del bolsillo del pantalón a toda velocidad, se lo lanzó a su jefe y Fred lo tiró al interior de la habitación, por encima de la cabeza envuelta de Nora.

Sardine olió enseguida lo que era.

Y para desgracia de todos, en aquel momento apareció la señorita Rose en el pasillo. Parecía muy enfadada.

—¡Claro! ¿Quién iba a ser, si no? —exclamó—. ¡Gallinas y Pigmeos! Creía que habíais enterrado ya el hacha de guerra. Pero ¿qué... —La señorita Rose olfateó el aire y esbozó una mueca de repugnancia—: ¿Una bomba fétida? ¿Es que os habéis vuelto locos? ¿Sabéis que por una cosa así podrían expulsarnos? ¿Habéis oído hablar alguna vez de las normas de una casa?

—Sólo era una broma —murmuró Fred, que no se atrevía a mirar a la señorita Rose a la cara.

—¿Una broma? —exclamó ella—. ¿Y si a mí se me

ocurre gastaros la broma de llamar a vuestros padres? ¿Quién ha tirado esa cosa?

Las Gallinas y los Pigmeos se quedaron en silencio. Era una ley no escrita: nadie delata al otro. Pero se habían olvidado de Nora.

—Él —dijo señalando a Fred—. Él la ha tirado. ¡Y ahora no me queda más remedio que dormir aquí con esta peste, aunque no tenga nada que ver con todas estas tonterías de las pandillas! —exclamó, con la voz temblorosa de rabia.

—Puedes dormir en mi habitación —dijo la señorita Rose—. Y vosotras... —Negando con la cabeza, miró a las Gallinas Locas—: Me da la sensación de que esto os lo habéis buscado vosotras solas, ¿verdad? De todas formas, la bomba fétida la han tirado los Pigmeos, así que son ellos los que disfrutarán del aroma. Esta noche os intercambiaréis las habitaciones.

Las Gallinas Salvajes la miraron con escaso entusiasmo.

—Ah, no, señorita Rose —se apresuró a decir Sardine—. Nosotras queremos quedarnos en nuestra habitación. Seguro que podemos soportar el mal olor.

—En su habitación no seremos capaces de pegar ojo —añadió Wilma—. Con todos los pósters de fútbol que tienen en las paredes...

—¡Vaya! —La señorita Rose la miró sorprendida—. ¿Ahora tú también formas parte de estos insensatos, Wilma?

Avergonzada, Wilma agachó la mirada hacia el suelo.

La señorita Rose suspiró.

—Ya lo habéis oído —les dijo a los Pigmeos—. Esta noche vuestras víctimas renuncian a su compensación.

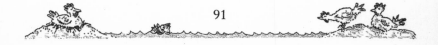

Pero os prometo, y esto también va por las Gallinas, que como hagáis una sola tontería más por las noches, os separo y os meto a cada uno en una habitación diferente, ¿entendido?

—Entendido —murmuraron las Gallinas y los Pigmeos.

La señorita Rose levantó la vista hacia la lámpara del pasillo, que no funcionaba.

—¿También habéis tenido algo que ver con esto?

—Hemos aflojado la bombilla —confesó Fred.

—Pues haced el favor de enroscarla otra vez ahora mismo —contestó la señorita Rose—. Repito: que sea la última vez que pasa una cosa así, ¿queda claro? Si no, ya os podéis ir despidiendo del viaje de clase. Si queréis seguir con vuestras tonterías, hacedlo durante el día y fuera de aquí. Pero pase lo que pase, no quiero que asoméis ni un pelo al pasillo después de las nueve.

—¿Y si viene el fantasma? —preguntó Fred—. ¿Cómo vamos a seguir el rastro del fantasma si ni siquiera podemos salir?

—¡Ah, el pobre Lornsen! —La señorita Rose se limitó a negar con la cabeza—. Ya, me imagino que la historia os ha impresionado. Si el viejo ladrón de la playa aparece realmente por aquí, entonces me llamáis a mí o al señor Staubmann. Pero creo que las probabilidades son escasas. Y ahora, a la cama.

Fred cogió a Willi del brazo y se dio la vuelta.

—Eh, esta vez os habéis pasado un montón —le susurró Sardine al oído.

—Sí, sí, vale, ya lo sé —gruñó Fred.

Luego Willi y él regresaron a su habitación con cierto remordimiento de conciencia.

Frida estuvo fregando el lugar donde había caído la bomba hasta que empezó a dolerle la espalda. Dejaron la ventana abierta de par en par, todo lo que pudieron. Pero la peste se había instalado allí, como si estuviera impregnada en las paredes. Y lo único que consiguieron fue que entrara frío, un frío que pelaba. La idea de quedarse levantadas quedaba descartada.

Se tumbaron las cinco en la cama, tapadas hasta la nariz. Pero de dormir, ni hablar. Fuera susurraba el mar. Por lo demás, todo estaba en silencio. Ya no se oían risas en las habitaciones contiguas.

—Esta noche sí que hemos liado una buena —dijo Frida rompiendo el silencio—. Si esto sigue así, vamos a acabar fastidiando el viaje de clase con esto de la-bomba-fétida-los-polvos-pica-pica-o-yo-que-sé-qué-guarrería.

—¿Cómo que «vamos»? —Sardine se abrazó con fuerza a su gallina de peluche, pero lo cierto es que no le daba mucho calor—. Son ellos los que han traído los polvos pica-pica y la bomba fétida.

—Sí, ya lo sé —resopló Frida—. Pero ahora debería-

mos ponerle punto final. Ellos se lo han pasado bien, nosotras también, pero ahora ya se acabó. Sólo nos quedan tres días. ¿Vamos a pasarnos todo el tiempo así? —Se calló un instante—. Torte también ha dicho que ya no tiene ganas de las batallitas de siempre.

—¡No me digas! —Sardine se asomó al borde de la cama para mirar a Frida—. ¿Y te lo has creído? A ellos les dará igual que nosotras paremos, seguro que vuelven a empezar cuando les dé la gana.

—¡Ya no puedo más! —exclamó Melanie, que apartó el edredón y bajó de la cama—. Voy a cerrar la ventana, ¿vale?

—¿Ves algo fuera? —preguntó Trude.

—¿Al viejo Lornsen, quieres decir? —Melanie se asomó a la ventana tiritando de frío—. Sí, de hecho, está flotando ahí abajo. ¡Oh, Dios mío! ¡Qué horror! Está totalmente podrido y a su alrededor los esqueletos de sus víctimas. ¡Qué terrible es el sonido de los huesos!

Trude la miró con desconfianza.

—¡Puaj! —Melanie cerró los ojos—. ¡Ahora les está arrancando los huesos y los está lanzando al mar!

—¡Menuda tontería! —murmuró Trude, pero aun así bajó de la cama, se acercó de puntillas a Melanie y asomó la cabeza por encima del hombro de su amiga.

»Lo sabía —murmuró, decepcionada—. Ahí fuera no hay nada. Nada de nada.

—¡Qué lista! —Con actitud burlona, Melanie le dio unas palmaditas en la espalda—. De todas formas no habrías visto nada. No llevas las gafas puestas. —Cerró la ventana de golpe, se dio la vuelta y examinó a Trude de la cabeza a los pies—. Madre mía, ¿de dónde has sacado ese pijama?

—De mi madre, ¿por qué? —Abochornada, Trude se miró de arriba abajo—. Todo me lo compra mi madre.

—¡Pero si con eso pareces un bebé gigante! —exclamó Melanie—. ¿Cómo puede comprarte algo así?

Sin decir una sola palabra, Trude se dio la vuelta, se deslizó otra vez hasta su cama y se tapó hasta la boca.

—Desde luego, Melanie... ¿por qué has tenido que decirle eso? —preguntó Sardine—. Nosotras no te decimos nada de tu ropa, ¿a que no?

—¡Pues claro! —Melanie se volvió hacia ella enfadada—: ¿Qué quieres que le diga?: «Oh, Trude, es un modelito precioso. Me encantaría tener uno igual. Trude, tu corte de pelo es genial. Trude, no estás gorda.» ¿Es eso?

Trude estaba a punto de llorar.

—Podrías callarte y punto —dijo Frida.

—Sí, como vosotras, ¿no? —A Melanie se le volvió a llenar la cara de manchas rojas—. Vosotras pensáis lo mismo, pero no decís nada. ¿Así la ayudáis? —Melanie se agachó delante de la cama de Trude—. ¿Sabes qué? Olvida lo del pijama, pero mañana te cortamos el pelo. Yo sé hacerlo. Me ha enseñado mi prima. Es estetición, o como se diga. Tu madre no está aquí para impedirlo. ¿Qué te parece?

—Pero un corte de pelo..., ¿cómo? —Trude miraba por encima del edredón con gesto de preocupación—. Es que, no sé...

Justo en ese instante, lo oyeron: una carcajada terrorífica resonó en el pasillo. Luego algo comenzó a arañar la puerta de la habitación.

Sardine saltó de la cama a la velocidad del rayo. Agarró el picaporte de la puerta.

—¡No, deja la puerta cerrada! —exclamó Wilma.

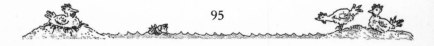

Pero Sardine se asomó al pasillo con prudencia. En un santiamén, las demás Gallinas aparecieron detrás de ella.

—¿Ves algo? —preguntó Frida en susurros.

La luz del pasillo se encendió y en la puerta de todas las habitaciones había alguien asomado.

—¿Qué ha sido eso? —preguntó Rita, que sabía kárate y desde luego no le tenía ningún miedo a los fantasmas.

—A lo mejor era un gato —apuntó Pauline desde la habitación de las repipis. Sólo había abierto una pequeña rendija de la puerta.

El señor Staubmann también estaba allí. Con un albornoz amarillo canario y el cabello despeinado, apareció en la puerta de su habitación.

—Curioso —observó—. Al parecer no he sido el único que ha oído unos ruidos extraños. ¿Qué la ha despertado, señorita Rose?

La señorita Rose, medio dormida, salió tambaleándose de su habitación. Sin pintalabios rojo y sombra de ojos tenía un aspecto totalmente distinto.

—Una risa horripilante —contestó—. Eso me ha despertado. Y luego algo se ha puesto a arañar mi puerta. La pobre Nora ha salido disparada a esconderse debajo de la cama. Así que ahora en serio, quiero que me lo digáis. —Lanzó una mirada inquisitiva en dirección a la habitación de las Gallinas y otra, igual de inquisitiva, a la de los Pigmeos—: ¿Habéis sido vosotros?

—¡No! —exclamaron las dos pandillas escandalizadas.

—Esta vez es verdad que no han sido ellos —afirmó el señor Staubmann—. Cuando se oyó el último arañazo

yo ya estaba en el pasillo. —Se encogió de hombros—. Encendí la luz, pero no se veía nada por ningún sitio. Absolutamente nada. Todas las puertas estaban cerradas y en las habitaciones había bastante calma. Debo decir que es muy extraño.

—¡El guardacostas! —susurró Wilma, alarmada.

—¡Ya os lo dijimos! —exclamó Fred—. Quería recuperar el dinero. Trude tendría que haber dejado allí las monedas.

—Pero ¿cómo puede ser tan tonto este fantasma? —protestó Torte—. ¿Por qué viene a las once cuando nosotros estábamos preparándolo todo para la media noche?

—¿Qué es lo que había que preparar? —preguntó el señor Staubmann con curiosidad.

—Bueno, ya se sabe... lo que se prepara en casos así —murmuró Fred, y empujó con rabia a Torte dentro de la habitación.

—Steve, ¿qué es lo que habéis preparado? —preguntó la señorita Rose—. Venga, desembucha.

Steve intentó hacerse el loco, pero la mirada inquisitiva de la señorita Rose pudo más que el codazo de advertencia de Fred.

—Cáscaras de plátano, por ejemplo —murmuró—, para que se resbalara.

Las Gallinas Salvajes estallaron en carcajadas.

—¡Cáscaras de plátano! —exclamó Sardine en tono burlón—. Para un fantasma. ¡Serán bobos!

—¡Pero es que no es ningún fantasma! —espetó Fred enfadado.

—¿Teníais preparado algo más? —preguntó el señor Staubmann.

Steve se encogió de hombros.

—Sólo un cubo de agua, y luego también habíamos metido tinta en las pistolas de agua. Por si era invisible.

Al oírlo, toda la clase se rió.

—¡Jo, Steve! —protestó Willi.

—¡Todos esos preparativos quedan absolutamente prohibidos a partir de este preciso instante! —advirtió la señorita Rose—. Estoy segura de que tarde o temprano acabaríais utilizándolos contra las Gallinas. Y en cuanto al fantasma ese que va arañando las puertas y riéndose por ahí, como lo coja o la coja —fue mirándolos a todos uno por uno—, ya os digo yo que se le van a quitar las ganas de seguir rondando por ahí.

Se dio la vuelta bostezando.

—Cuando me roban horas de sueño —continuó volviendo la cabeza—, pierdo totalmente el sentido del humor.

A continuación la señorita Rose cerró la puerta de un portazo.

Por última vez aquella noche.

El tercer día comenzó de nuevo con el silbato de árbitro del señor Staubmann.

Entre quejas y protestas, las Gallinas Locas se taparon la cabeza con el edredón. Al cuarto pitido del señor Staubmann, Sardine se levantó de la cama. Se había pasado la mitad de la noche con la mirada clavada en la playa, vigilando por la ventana (a pesar del frío y del mal olor) mientras las demás dormían plácidamente, pero ningún fantasma había asomado su tétrica nariz por allí.

La habitación seguía oliendo fatal.

Sardine se dirigió con paso inseguro hacia la ventana y miró hacia fuera. Por encima del mar se elevaban unas nubes oscuras. Sólo de cuando en cuando aparecía el sol y el agua comenzaba a brillar, como si alguien hubiera rociado plata líquida. Al siguiente instante las olas volvían a quedar cubiertas de sombras de nubes negras.

—Hoy el tiempo tampoco está para bañarse —afirmó Sardine—. En cambio hace un día perfecto para ir a ver el cementerio, ¿a que sí? —Con un bostezo se dirigió arrastrando los pies hasta el pequeño lavabo que tenían

junto a la ventana, que les ahorraba tener que ir por las mañanas al cuarto de baño común. Aquello era en realidad lo único bueno de una habitación de seis.

—Ah, a mí me gustan los cementerios. —Trude apartó la colcha y se puso las gafas—. Nosotros vamos a veces a pasear al cementerio, leemos las frases que hay en las lápidas y miramos los ángeles. Hay algunos preciosos.

—Es verdad, pero seguro que nosotras no tendremos uno de ésos —dijo Melanie. Se sentó en la cama y comenzó a cepillarse el pelo. Era lo primero que hacía todas las mañanas al despertarse—. No, seguro que lo único que tendremos será una piedra ridícula donde no pondrá más que nuestro nombre.

—Pues en la mía quiero que ponga... —Sardine había acabado de lavarse la cara y le dejó sitio a Frida—. «Aquí descansa Geraldine. Tenía muy buenas ideas.»

—¿En serio? —Trude se rió.

Fuera, en el pasillo, se oían portazos y carreras, y a lo lejos se oía refunfuñar al señor Staubmann.

—A mí los cementerios me parecen tristes —dijo Wilma—. Yo prefiero que esparzan mis cenizas en el mar. Hasta lo he puesto expresamente por escrito. En mi testamento.

—¿En tu testamento? —Frida se había lavado los dientes y ya empezaba a espabilarse. Antes de lavarse los dientes ni siquiera le salía la voz—. ¿Tienes un testamento? ¿Ya?

—Pues claro —dijo Wilma. Se subió los vaqueros, se acarició su corto cabello con la mano y rebuscó en la maleta un jersey bien grueso—. Al fin y al cabo nunca se sabe. Mi tía se murió a los veintiún años. Tampoco era

tan mayor, ¿no? Yo he escrito quién quiero que se quede con mi conejito de Indias para que no lo lleven a un refugio de animales. Mis libros y mis discos los heredará mi hermano, sí, y luego también he escrito que quiero que tiren mis cenizas al mar.

Trude la miró atónita.

Melanie se limitó a encoger los hombros.

—Pues no es tan mala idea. A lo mejor yo también hago algo así. —Miró en su maleta—: Mmm, ¿y qué me pongo para ir al cementerio?

Sardine y Frida alzaron la mirada con resignación e intercambiaron una sonrisa burlona.

En aquel momento se abrió la puerta y Nora entró en la habitación con gesto sombrío.

—Necesito mi cepillo de dientes —dijo sin mirar a nadie—. Y unas bragas limpias. ¡Puaj! —Se tapó la nariz—. Aquí todavía huele que apesta.

Sardine le lanzó una mirada hostil.

—Bueno, eso es gracias a ti y sólo a ti, ¿o no?

—¡Déjala! —Frida apartó a Sardine a un lado, se acercó a Nora y le dijo—: Perdónanos por habernos olvidado de tu almohada. Fue sin querer, de verdad.

Típico de Frida. Sardine entornó los ojos. Frida no podía soportar que nadie se enfadara con ella o que sucediera algo injusto. Y Frida pensaba que muchas cosas eran injustas. Muchas más que Sardine. Sorprendida, Nora miró a Frida.

—No pasa nada —dijo al fin—. Y lo de la bomba fétida... —Avergonzada, pasó los dedos por el cepillo de dientes—. Yo también lo siento. ¿Cómo iba a saber yo que esos niñatos iban a hacer algo así?

—Bah, es que los Pigmeos tienen cosas de ésas a mon-

tones —dijo Melanie—. Bombas fétidas, polvos pica-pica...

—... potingues que hacen resbalar, arañas de go-ma, vomitonas de plástico —completó Trude—. Steve lo consigue todo. Cuando se compra cosas nuevas para los trucos de magia, aprovecha para coger algún otro trasto. Tiene auténtica pasión por todo eso.

—Sí, procura no darle nunca la mano —le aconsejó Melanie—. A veces se pone una cosa pegajosa y la mano se te queda media hora pegada a la suya.

—Gracias por avisar. —Nora rescató unas bragas y dos cómics de su mochila. Por unos instantes se quedó indecisa en la habitación, luego se dio la vuelta—. Voy a ducharme —dijo, mirándolas por encima del hombro—. Hasta luego.

—Hasta luego —exclamó Frida detrás de ella.

Cuando Nora estaba ya fuera, las Gallinas Locas se miraron con sensación de malestar.

—Pues no es tan horrible, ¿no? —murmuró Wilma.

—Qué va —Frida negó con la cabeza—. No es ni mucho menos tan horrible como nosotras.

Por una vez los Pigmeos no las molestaron. Fred y Willi cumplían a regañadientes con el castigo de ayudar en la cocina; mientras tanto Steve, un tanto desganado, enredaba con las cartas en la mesa del desayuno, y Torte sudaba tinta intentando escribir algo en un papel.

En el autobús los chicos empezaron a burlarse de las Gallinas por el incidente de la bomba fétida, pero cuando la señorita Rose les quitó las pistolas de agua antes de ba-jar del autobús, se les pasaron las ganas de juerga.

El cementerio que querían visitar se encontraba detrás de una inmensa iglesia de ladrillo levantada entre árboles muy altos, exactamente a medio camino entre los dos pueblos a los que pertenecían los difuntos que estaban enterrados allí. Después de contemplar el interior de la iglesia que, como afirmó Melanie, no era ni de lejos tan impresionante como la catedral de Colonia, salieron en dirección al cementerio. Cercadas por una valla de piedra, entre arbustos bajos y un césped muy corto, se mezclaban tumbas nuevas con otras antiquísimas. Allí no tenían un guía como el señor Appelklaas, pero la señorita Rose había llevado un libro sobre el cementerio. Condujo a la clase por unos estrechos senderos hasta las tumbas antiguas, algunas de ellas de casi doscientos años. Las lápidas estaban cubiertas de ornamentos y letras complicadísimas. En la parte superior de las lápidas podían distinguirse barcos, anclas, molinos o curiosos árboles con flores.

—Las flores que veis ahí —explicó la señorita Rose— representan a las familias. Las que tienen forma de tulipán representan a los miembros masculinos, y las de forma de estrella a las mujeres. Donde hay flores marchitas significa que ya había otros miembros de la familia enterrados.

—Pues ahí hay un montón de flores marchitas —señaló Torte.

Se detuvieron ante una lápida cuya parte superior mostraba un barco entre olas gigantescas y al lado un árbol con muchas flores. Debajo, unas letras esculpidas con gran maestría formaban un nombre y un texto más largo.

—¿Qué pone ahí, señorita Rose? —preguntó Trude—. ¿Puede leer todo eso?

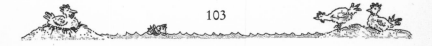

La señorita Rose negó con la cabeza.

—Pero en este estupendo librito seguro que dice algo al respecto. Un momento...

—Eh, vosotros. ¡Bajaos de ahí ahora mismo! —El señor Staubmann echó a Titus y a Steve de una inmensa lápida doble en la que se habían instalado con una bolsa de patatas.

Bajaron inmediatamente de un salto y pisotearon la tumba de al lado. Después el señor Staubmann los agarró bien agarrados y no les quedó más remedio que prestar atención a la señorita Rose. Entre tanto, ella había encontrado el texto que correspondía a la lápida que tenían delante.

—Es la lápida de un capitán —explicó—. Se llamaba Thor Friedrichs. Navegó por medio mundo, se casó cuatro veces y sobrevivió a todas sus esposas. —Fred le dio un golpe con el codo a Torte y sonrió con sorna—. Tuvo siete hijos, de los cuales sólo sobrevivieron dos, y murió a la edad de noventa y un años o, como dice textualmente aquí —la señorita Rose volvió la vista hacia su librito—: «Se aventuró finalmente a navegar por el oscuro mar de la muerte y fondeó felizmente en el puerto resguardado de la eternidad de las almas.»

—El oscuro mar de la muerte —murmuró Wilma.

—Pues a mí también me gustaría tener una lápida así. —Fred golpeó la piedra gris—. Es mucho más bonita que las modernas.

—Ya, pero yo no quiero una vida así —dijo Melanie—. Me parece horrible. Casi todos los demás se murieron antes que él. Sus mujeres, sus hijos. No. —Negó con la cabeza—. No sirve para nada llegar hasta tan viejo.

La señorita Rose les leyó muchas otras biografías: de

hombres que habían hecho fortuna en tierras lejanas; de mujeres que habían perdido a sus maridos en el mar o que habían muerto al dar a luz a sus hijos.

—Muchas de las mujeres morían bastante jóvenes —afirmó Melanie, mientras Trude acariciaba encantada las alas de un ángel esculpido.

—Si tenían tantos hijos, no me extraña —comentó Sardine.

—Muchas veces los niños también morían —murmuró Frida—. Qué triste, ¿verdad?

—¿Y dónde está la lápida del viejo Jap Lornsen? —preguntó Willi—. Para eso hemos venido hasta aquí, ¿no?

—Ni muchísimo menos. —El señor Staubmann sacó un cigarrillo, lo miró y volvió a guardarlo—. Pero de todos modos podríamos buscarla. Su lápida debe de estar bastante torcida.

Todos buscaron a su alrededor con la mirada.

—Ahí —exclamó alguien—. Ahí detrás, al lado de las dos losas. Ahí está la más torcida.

En unos cuantos saltos por encima de las tumbas los Pigmeos se plantaron allí. Las Gallinas Locas los siguieron, como si aquellas prisas infantiles a ellas les resultaran indignas.

—¡Ahí está su nombre! —Nervioso, Steve puso un dedo no del todo limpio sobre la lápida.

—¡Así es! —El señor Staubmann se inclinó sobre la lápida—. Aquí está. Jap Lornsen. Nació el 23 de octubre de 1740 y, tal y como reza este texto tan bonito, la muerte lo abrazó el 14 de septiembre de 1795.

—Mañana hará doscientos años exactos —dijo Frida.

—¡Es verdad! —resopló Wilma—. ¿Y si eso significa algo?

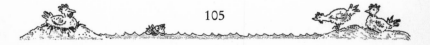

—¿Qué quieres que signifique? —La señorita Rose negó con la cabeza—. Madre mía, a ver si va a resultar que sois una cuadrilla de supersticiosas.

—¡Lea en alto lo que pone ahí, sí, por favor! —Trude tenía los ojos abiertos como platos de la emoción.

—No pone tantas cosas como en otras lápidas —explicó la señorita Rose—. Aquí dice que Jap Lornsen fue un comerciante de éxito y un protector de los pobres. Casado en dos ocasiones y bendecido con un hijo que hizo erigir esta lápida en su honor.

—¿Y nada más? —Los Pigmeos miraron con incredulidad a la señorita Rose—. ¿Y no dice nada de los náufragos que mató a golpes?

—¡Nada de nada! —dijo el señor Staubmann. Volvió a sacar un cigarrillo, pero en aquella ocasión lo encendió a pesar de que la señorita Rose le dirigió una mirada de censura—. No pone absolutamente nada de todo eso. ¿Sabéis por qué? Porque ni el mayor de los canallas soportaría que en su propia lápida pusiera que en vida fue un canalla y un asesino. Además, ¿acaso creéis que el hijo de Lornsen quería que en el futuro se le recordara como el hijo de un asesino? Por eso mandó hacer esta lápida tan bonita para su padre. Pagó al marmolista para que lo grabara con la esperanza de que así los crímenes de su padre caerían en el olvido. Pero su plan —el señor Staubmann arrojó al suelo el cigarrillo que se había fumado a medias y lo apagó con el pie— no dio el resultado esperado.

—¿Y cómo es que no funcionó? —preguntó la señorita Rose.

El señor Staubmann se encogió de hombros.

—Viejas historias que fueron pasando de unos a

otros; un viejo pastor protestante, que sabía escribir...
y enseguida la gente supo que la bonita inscripción de
esa lápida era mentira.

—¡Uf! —La señorita Rose se estremeció—. Yo creo
que ya he oído bastantes historias truculentas por hoy.
—Echó un vistazo al cielo. El sol asomaba entre las nubes y hacía brillar la hierba que rodeaba las lápidas grises.
La señorita Rose alzó la cara hacia los cálidos rayos—.
¿Qué os parece? —Bajó la mirada hacia los niños—. ¿Nos
vamos?

Nadie se opuso.

Cuando subieron al autobús, Torte se acercó a Frida
disimuladamente y le dio un papelito. Lo hizo con rapidez, para que nadie se diera cuenta, pero a pesar de todo
Sardine lo vio.

Melanie había ganado la apuesta. Vaya si la había ganado.

La comida estaba rica: espaguetis con salsa de tomate y al menos tres albóndigas para cada uno. Mientras los demás saboreaban los espaguetis, Sardine se planteaba si debía preguntarle a Frida por la nota. Pero no se atrevió. Frida se dio cuenta de que Sardine la miraba todo el rato sonriendo, pensó que quería una de sus albóndigas y se la dio. Y es que Frida era así. Y Torte, sencillamente, no se la merecía. Sin embargo, Sardine no le preguntó por la nota. Lo del intercomunicador le había servido de lección.

Después del postre, Fred y Willi estaban recogiendo los platos cuando Trude recibió una llamada de teléfono. Las otras cuatro se quedaron a esperarla, pero ya estaban todas las mesas limpias y Trude aún no había vuelto.

—A lo mejor ha ido al baño —dijo Melanie.

Frida negó con la cabeza.

—No, yo creo que no. Seguro que tiene que ver con la llamada.

—Bah, seguro que ha ido a la habitación —afirmó Wilma—. ¿No?

—Venga. —Sardine se levantó de un salto—. Vamos a buscarla.

En aquel momento el señor Staubmann y la señorita Rose se dirigían también hacia la escalera.

—¿Sabe quién ha llamado a Trude? —le preguntó Melanie a la señorita Rose.

La señorita Rose miró a las chicas sorprendida.

—Su madre, ¿por qué? —Miró a su alrededor—. Pero ¿dónde está Trude?

—Ah, debe de estar arriba —respondió Melanie.

Inmediatamente salieron todas disparadas hacia la habitación.

Allí encontraron a Trude, tumbada en la cama de cara a la pared.

—¿Trude? —Sardine se acercó vacilante y se agachó junto a la cama—. ¿Qué pasa?

—Nada —refunfuñó. Pero no se dio la vuelta.

—¿Prefieres estar sola? —preguntó Frida, preocupada.

Trude asintió.

Sardine se levantó, indecisa.

—¿Estás segura? —preguntó en voz baja.

En un primer momento Trude no se movió, pero luego negó rotundamente con la cabeza y rompió a llorar. Aquello tenía muy, pero que muy mala pinta.

—¡Eh! —Melanie se sentó en el borde de la cama y le acarició el hombro—. ¿Qué te pasa? Cuéntanoslo. A nosotras nos lo puedes decir. Venga.

Fue entonces cuando Trude se dio la vuelta. Tenía los ojos muy irritados.

—¿Se ha muerto alguien? —preguntó Wilma en susurros con preocupación.

Trude negó con la cabeza.

—Mi padre se ha ido de casa —murmuró—. Ayer.
—Se frotó los ojos llenos de lágrimas.

—Vaya, pues tu madre podría haber esperado a que
volvieras del viaje para contártelo —gruñó Melanie—.
Porque supongo que puede imaginarse cómo te sientes.
Dame las gafas, que las tienes todas empañadas.

Trude se quitó las gafas y se las dio a Melanie.

—Ha empezado a insultarlo a más no poder —murmuró—. Y encima le ha dicho que no se le ocurra volver
a aparecer por casa.

Melanie limpió las gafas de Trude con su falda y se las
volvió a colocar sobre la nariz.

—Bueno, no te preocupes —le dijo—. De todas formas él no hacía más que darte la lata.

—¡¿Y qué?! —Trude rompió a llorar de nuevo.

En aquel momento Frida se sentó también junto a
ella en la cama y la cogió del brazo.

—Voy a preparar un té, ¿vale? —intervino Sardine
tímidamente.

—Síí. —Trude intentó sonreír, pero no lo logró
del todo—. ¿Alguna tiene un pañuelo?

—¡Claro! —Wilma sacó enseguida del bolsillo del
pantalón un pañuelo de tela arrugado—. Toma. Ya sé que
está muy arrugado, pero está limpio.

—Gracias. —Trude se sonó. Por unos instantes su
rostro quedó oculto tras el pañuelo—. Creo que no
quiero volver a mi casa nunca más —dijo con la voz ronca—. Es que, la verdad, no sé qué pinto allí. Aquí, con
vosotras, todo es mucho más agradable.

—Pero cuando volvamos seguiremos estando juntas
—la consoló Frida—. Ya sabes que tendremos mucho

trabajo para construir el escondite de la pandilla. Tiene que estar acabado antes del invierno.

—Es verdad —murmuró Trude, que volvió a sonarse la nariz.

—Toma. —Sardine le puso una taza de té caliente en la mano—. Te he puesto mucha miel, como tiene que ser.

—Pero la dieta... —murmuró Trude.

—Ahora olvídate de eso —le dijo Melanie—. Venga, bebe.

Trude, obediente, le dio un sorbo al té dulce y caliente.

—¿Alguien más quiere uno? —preguntó Sardine.

—¡Si te empeñas! Pero sólo si es el té de las Gallinas.

Torte y Steve.

Tenían que aparecer precisamente en ese momento, y encima con una sonrisa de oreja a oreja. Con los nervios, ninguna de las chicas había oído que alguien abría la puerta. Trude escondió su cara llorosa en el jersey de Frida.

—Una cosa: ¡Steve necesita una damisela para cortarla con una sierra! —exclamó Torte—. ¿Alguna de vosotras se ofrece? ¿O es que vosotras no sois damiselas?

Steve asomó tímidamente su cara mofletuda. Se reía como un niño pequeño.

—Dejadnos en paz, idiotas —les espetó Melanie.

—Eso, vosotros id a jugar con vuestra maquinita de fútbol —exclamó Wilma.

—¡Maquinita de fútbol! —Torte empezó a reírse a mandíbula batiente—. Eso se llama futbolín, Gallina tonta. Ah, no, que tú no eres una Gallina.

—¡Claro que soy una Gallina! —exclamó Wilma.

—¿Cómo? —Con un suspiro, Torte se apoyó en el

marco de la puerta—. Stevie, ¿has oído eso? Ya hay cinco de la misma especie.

Le lanzó una mirada a Frida, pero ella no le prestó la menor atención. Ya estaba bastante ocupada con el disgusto de Trude.

—Pero bueno, ¿no os dais cuenta de que estáis molestando? —exclamó Sardine, furibunda—. Largo de aquí ahora mismo.

—¿Se puede saber qué os pasa? —preguntó Steve.

—Nada que te importe —gruñó Sardine—. Y la próxima vez, si no os molesta, llamáis a la puerta antes de entrar, ¿queda claro?

—Ah, sí, claro, como vosotras, que siempre llamáis antes de entrar, ¿no? —Torte volvió a mirar hacia Frida, pero ella se limitó a fruncir el ceño.

—Estáis molestando —dijo Frida—. En serio, ¿vale?

—Vale, vale. Nos damos por enterados. —Ofendido, Torte dio media vuelta—. Venga, Steve. Vamos a buscar al fantasma.

Sardine, furiosa, cerró de un portazo en cuanto salieron.

—¡Y ése es el que te escribe cartas de amor! —le recriminó a Frida—. No hay quien lo entienda. Es justo el más estúpido de todos los chicos que corren por ahí.

—¡Basta ya! —sollozó Trude—. Ahora no empecéis vosotras también a discutir.

Sardine se mordió los labios.

—Lo siento —murmuró—. Ha sido sin querer.

—Yo creo que deberías pedirle perdón a Frida —dijo Melanie.

—Lo siento —murmuró de nuevo Sardine. Pero no miró a Frida a la cara.

—¡Qué quieres que haga yo, si él me escribe cartas de amor! —exclamó Frida—. Además, no siempre es así. Todo esto es por culpa de la tontería de las pandillas.

Sardine miró con remordimiento su taza de té, que encima se había enfriado.

—¡Sardine, Frida, Wilma! —Melanie les hizo un gesto para que se acercaran a la ventana—. Hoy tenemos que hacer algo para distraer a Trude —musitó—. Y creo que se me ha ocurrido una idea...

Sardine y Melanie llamaron a la puerta de los chicos. Cuando Torte abrió, vieron que estaban todos dentro.

—Eh, Fred —exclamó Torte—. Mira quién ha venido.

Fred y Willi estaban tumbados en la cama, descansando del trabajo en la cocina. Sorprendidos, miraron a las chicas.

—¿Qué significa esto? —preguntó Fred soñoliento—. ¿Venís a desafiarnos a un duelo?

—Sardine y yo queríamos proponeros una cosa —dijo Melanie.

Fred se levantó de la cama y en ese momento recordó que iba en calzoncillos. Con la cara roja como un tomate, se puso los vaqueros, se pasó la mano por el pelo alborotado y se acercó a donde estaban las chicas.

—Disparad, os escuchamos —murmuró.

—Pues no lo parece —afirmó Sardine en tono burlón.

Torte y Steve se estaban pegando, se reían y cuchicheaban entre ellos.

—¡Eh, vosotros dos! —les increpó Fred—. Estaos quietos un momento, ¿vale?

Así funcionaban los Pigmeos: Fred era el jefe, y los demás siempre le obedecían. A los chicos les gusta que haya un jefe, decía Sardine. Con las Gallinas Locas eso no pasaba. Cuando Sardine decía algo, siempre había al menos una Gallina que protestaba. Y aunque a veces fuera fastidioso, en el fondo era algo bueno.

—Os proponemos una tregua —dijo Melanie—. Durante más o menos veinticuatro horas, o a lo mejor más larga, si es necesario.

—¿Y eso? —Willi las miró de arriba abajo con gesto sarcástico—. ¿Es que os da miedo que la señorita Rose os ponga en habitaciones separadas?

—¡Menuda tontería! —gruñó Sardine malhumorada—. Los padres de Trude se van a divorciar y la pobre está destrozada, así que queremos organizar un pícnic en la playa para distraerla. Y lo último que necesitamos en estos momentos es que aparezcáis con una de vuestras ideas de bombero a echarnos polvos pica-pica y bombas fétidas. Por eso os proponemos una tregua. ¿Qué decís?

—¡Ningún problema! —exclamó Torte—. De todas formas ya lo hemos utilizado casi todo, ¿verdad, Stevie? Por desgracia nuestro mago sólo compró una bomba fétida.

Fred lo miró bastante indignado.

—¿Quieres callarte la boca de una vez? —Luego se dirigió de nuevo a las chicas—: Vale, pero ¿qué pasa con el fantasma?

—Mañana será otro día —le respondió Sardine—. De momento, Trude es lo más importante.

—¿Qué os parece? —preguntó Fred, mirando a los demás.

—¡Tregua! —exclamó Steve con voz chillona—. Y si Trude necesita distracción, yo le haré encantado unos trucos de magia.

—Se lo diré de tu parte —dijo Sardine, dando media vuelta. En ese momento Fred la agarró del brazo.

—Un momento —le dijo—. Ya que hay una tregua... Hemos encontrado una cosa muy rara.

Fue al armario y sacó un objeto: el intercomunicador de Frida.

—¿No lo habréis perdido vosotras por casualidad? —preguntó Fred.

Abochornada, Sardine comenzó a mirar a todas partes menos a Fred.

—Pues... a lo mejor resulta que sí —murmuró—. Puedo llevármelo ahora mismo, si quieres.

—Al principio pensamos que era una bomba —dijo Steve—. Pero luego Torte dijo que él sabía lo que era. Por su hermana pequeña.

—Ah, ¿sí? —Sardine miró a Torte y se mordió los labios.

—Espero que hayáis oído algo interesante. —Fred le lanzó el intercomunicador a Sardine—. La verdad es que a veces las Gallinas sois bastante listas. Es una pena que no se nos haya ocurrido a nosotros.

—Sí, quién sabe la de cosas interesantes que podríamos haber descubierto de vosotras —suspiró Torte.

—¡Ah! ¡Se siente! —Sardine se encogió de hombros—. A cambio a vosotros se os ocurren otras cosas.

Después Melanie y ella le devolvieron el intercomunicador a Frida. Estaba intacto y no hubo que pagar por

el rescate. A veces los Pigmeos podían llegar a ser bastante simpáticos, por ser chicos.

Fue un pícnic maravilloso.

Como no tenían permiso para ir solas a la playa, la señorita Rose se sentó en la arena a cierta distancia, leyendo una novela. El señor Staubmann se quedó arriba, en su habitación, para restablecerse, como él decía. Significara eso lo que significase.

Entre tanto el cielo se había despejado casi por completo, pero un viento fuerte continuaba soplando del mar hacia la costa. En dos ocasiones a las chicas se les volaron las bolsas de patatas, pero las dos veces Wilma tuvo unos magníficos reflejos y logró atraparlas antes de que aterrizaran en el castillo de arena de los Pigmeos. Los chicos se pusieron a construirlo como posesos, después de pasar casi una hora buscando la fortuna de Jap Lornsen. Durante la búsqueda habían encontrado un par de trozos de tela andrajosos que, según afirmó Fred con firmeza y convencimiento, pertenecían a la vestimenta de las víctimas de Lornsen. En la parte más alta del castillo colocaron los trozos de tela, bordeados de conchas y piedras, como si se tratara de diamantes o algo similar. Y por encima de ellos, en un palo de escoba que Torte había robado de la cocina, ondeaba la bandera de su equipo de fútbol.

—¡Es genial! —Wilma contempló con envidia la obra de arte—. Nosotras también deberíamos construir algo así.

—Ah, no. Tanto trabajar, trabajar... —Con un suspiro Melanie se tumbó en la arena boca arriba—. Por una vez

me gustaría estar sin hacer nada. Nada de pasear por la playa, ni de visitar museos o cementerios, ni de rebuscar monedas de fantasmas: nada. —Al mirar al sol entrecerró los ojos—. Sólo mirar el cielo todo el rato. —Con un suspiro apoyó la cabeza en los brazos cruzados—. ¿Alguien puede pasarme las patatas?

—Ha sido muy buena idea lo de hacer el pícnic —comentó Trude—. ¡Se está tan bien aquí sentado...! —Luego fijó la vista en el mar—. ¿Os imagináis cómo sería vivir al lado del mar? Tiene que ser genial, ¿no?

—No lo sé. —Sardine introdujo la mano en la fina arena y luego la levantó dejando que la arena le resbalara entre los dedos—. Yo creo que me volvería loca oyendo de fondo el murmullo del mar a todas horas.

—¿Y qué más da? —se rió Melanie—. Si tú ya estás loca.

—Ah, ¿sí? —Sardine le lanzó un puñado de arena a la barriga.

—¡Qué asco! —Melanie se incorporó de un salto y realizó una salvaje danza playera para sacudirse la arena de la ropa. Los Pigmeos aplaudieron enérgicamente.

—¿Trude? —preguntó Frida—. ¿Te importa que invite a Matilda? Ya sé que es tu pícnic, pero...

—Claro —respondió Trude—. No pasa nada. Dile que venga.

Frida se levantó inmediatamente y se dirigió arrastrando los pies por la arena hasta donde Matilda estaba sentada, mirando a unos cuantos de la clase que jugaban a la pelota.

—Ahora sólo falta que alguien llame a Nora —murmuró Sardine.

—Yo que tú me callaría —dijo Melanie—. Al fin y al

119

cabo a la pobre la echaste de nuestra habitación. Al parecer en la habitación de las repipis está bastante sola.

—Hum —gruñó Sardine.

Frida acompañó a Matilda hasta el sitio que había entre Trude y ella.

—¡Hola! —dijo Sardine, intentando mostrarse especialmente amable.

—Hola —saludó Matilda, mirando tímidamente a su alrededor.

—Toma —Melanie le ofreció patatas—. ¿Quieres?

Matilda cogió unas cuantas.

—Eh, ¡casi nos olvidamos del regalo de Trude! —exclamó Wilma.

Trude la miró perpleja.

—¿Es su cumpleaños? —preguntó Matilda.

—No. —Sardine se encogió de hombros—. Pero nos pareció que en estos momentos le vendría bien.

—¿Por qué? —Matilda volvió la vista hacia el lado donde estaba Trude.

Trude carraspeó un poco.

—Mis padres acaban de separarse —explicó—. Mis amigas me han hecho este pícnic para animarme. Ay, vaya... —se frotó los ojos—, a la mínima se me saltan las lágrimas.

—Toma. —Wilma le puso un paquete pequeño en el regazo—. Ahora, lo primero: ábrelo.

—Gracias, pero antes... —Trude le dio las gafas a Melanie—. ¿Me las puedes volver a limpiar?

Melanie se puso inmediatamente a la tarea, pero como tenía la falda llena de arena, esta vez no le resultó tan sencillo.

—Mis padres también están separados —dijo Matilda—. Pero desde hace mucho.

—Ah, ¿sí? ¿En serio? —A Trude se le iluminó la cara y se volvió hacia ella con una sonrisa. La compasión que sentían las demás le servía de gran consuelo, pero una vez más era a ella a quien le tocaba pasar por lo peor. La pobre Trude. Por eso le pareció fantástico encontrarse con alguien a quien tampoco le fueran demasiado bien las cosas.

—Ahora hay menos peleas en casa, pero bueno... —dijo Matilda, encogiéndose de hombros. Hundió los dedos de sus pies descalzos en la arena.

—Toma tus gafas, Trude —dijo Melanie.

—Gracias —murmuró. Sin mucha maña, intentó deshacer el nudo con el que Wilma había atado el paquete, aunque al final acabó arrancando el papel. Al romperlo apareció una cajita pequeña, con conchas pegadas por todas partes—. ¡Oh! —Maravillada, Trude la examinó de arriba abajo—. Qué bonita. Gracias. No sé qué...

—Ahí puedes meter las monedas del viejo Lornsen —dijo Sardine.

—¡Ni hablar! —Trude negó enérgicamente con la cabeza—. Eso sí que no. Ojalá no las hubiera encontrado.

—Es que Trude se encontró tres monedas antiguas en la playa —le explicó Wilma a Matilda, que parecía bastante despistada—. Del botín del viejo Lornsen. ¿Tú también lo oíste ayer?

—¿Te refieres a esa risa rara que se oyó? —Matilda asintió—. Parecía un saco de la risa, ¿verdad?

—¿Un qué?

—Un saco de la risa —dijo Matilda—. Mi tío tenía uno. Antes siempre nos asustaba con él. Pero ahora está estropeado, gracias a Dios.

—Un saco de la risa. —Las Gallinas Locas se miraron.

—¿Y eso todavía existe? —preguntó Melanie—. Mi madre nos ha hablado de eso alguna vez.

—Eso deberías preguntárselo a Steve —dijo Frida—. Seguro que él lo sabe.

Sardine se frotó la nariz.

—¡Ajá, Sardine está pensando! —dijo Melanie—. Silencio total, por favor.

—¿Dónde están las monedas de Trude? —preguntó Sardine—. ¿Las guardaste tú, Frida?

Frida negó con la cabeza.

—Deben de estar todavía encima de la mesa —dijo—. Allí, donde las pusimos ayer para verlas.

En aquel momento Sardine se levantó de un salto y salió corriendo. Wilma la siguió.

Llegaron ante la puerta de la habitación sin aliento.

—¡El papel! —exclamó Sardine, jadeando—. ¡Mira, el papel está roto!

Había dos diminutos trozos de papel, uno pegado a la puerta y otro al marco.

—¡A lo mejor todavía está dentro! —resopló Wilma. Su reacción inmediata fue retroceder dos pasos.

—¿En quién estás pensando? —Sardine abrió bruscamente la puerta.

En la mesa no había ninguna moneda. Por más que buscaron por el suelo, debajo de las sillas... las monedas no aparecían por ningún sitio. El suelo, sin embargo, estaba todo mojado.

—Es como si alguien se hubiera paseado por toda la habitación con unas botas de agua —musitó Wilma.

—Huellas mojadas —murmuró Sardine—. ¿No nos contó algo así aquel hombre bajito del museo? ¿No dijo que el fantasma dejaba pisadas húmedas?

Wilma la miró con los ojos abiertos como platos.

—¡Es verdad! —exclamó—. ¿Crees que está...?

Asustada, recorrió toda la habitación con la mirada.

—¡Bah, no digas tonterías, aquí no hay ningún fantasma! —replicó Sardine con impaciencia—. Ni tampoco lo ha habido, porque el fantasma no existe. Por una vez Melanie y yo estamos de acuerdo en algo. Qué va, yo creo que alguien quiere tomarnos el pelo de mala manera. Lo que me pregunto es quién será. —Sardine se volvió hacia Wilma—. ¿Te has fijado si en este rato ha desaparecido alguno de los Pigmeos?

—Yo creo que no —dijo Wilma—. Han estado todos escarbando como locos sin parar. Y después se han sentado alrededor de la bandera de fútbol.

—Ya, bueno. —Sardine se frotó la nariz—. Así que tienen una coartada. De todas formas no podrían haber sido ellos. Han estado muy ocupados buscando huellas. Mmm.

Sardine se mordió los labios tan fuerte que estuvo a punto de hacerse daño; así de concentrada estaba.

—Hay alguien más detrás de todo esto —añadió.

—¿Y si es un fantasma de verdad? —Wilma continuaba contemplando con preocupación aquellas inmensas huellas.

—Si es un fantasma —dijo Sardine—, yo me hago Pigmeo.

Sacó a Wilma de la habitación y cerró la puerta.

—Los fantasmas atraviesan las paredes, pero éste... —Sardine se agachó y despegó los trozos de papel—, éste resulta que entra por la puerta. Como una persona de carne y hueso.

—Pero las pisadas húmedas... —señaló Wilma—. Mira. Se acaban ahí. Justo delante de la pared. ¡En la puerta

ya no hay! Como si... —tragó saliva y bajó la voz—, como si hubiera salido volando desde allí.

—Es verdad. —Sardine se levantó pensativa y recorrió con la mirada el pasillo desierto.

En aquel momento se abrió la puerta del señor Staubmann.

—¿Qué? ¿Los demás siguen en la playa? —preguntó—. Ya va siendo hora de que nos marchemos, ¿no os parece?

Para aquella tarde había otra excursión programada, esta vez a unas murallas construidas hacía cientos de años para protegerse de los vikingos. Probablemente tan interesante como los túmulos...

—Sí, los demás siguen abajo —respondió Sardine.

—¡Señor Staubmann! —Wilma se inclinó hacia delante, nerviosa—. Las monedas de Trude han desaparecido. Y todo está lleno de pisadas mojadas.

—¡Increíble! —El señor Staubmann se quedó boquiabierto—. Puede haber sido el viejo guardacostas, ¿no os parece? Bueno, estoy impaciente por ver todo lo que sucede esta noche en la excursión nocturna.

—¿Excursión nocturna? —susurró Wilma—. Ah, sí, la excursión nocturna.

—Quién sabe... —El señor Staubmann se dirigió con ellas a la escalera—. A lo mejor nos encontramos cara a cara con el viejo Jap Lornsen en persona. O con lo que quede de él.

—¿Con lo que quede de él? —Wilma comenzó a toquetearse el pelo con nerviosismo—. ¿Está diciendo que es que ya no está..., ya no está entero?

El señor Staubmann arqueó las cejas.

—Ni idea. No domino tanto el tema de los fantas-

mas. ¿Y ahora qué? —Dirigió una mirada interrogante a Sardine—. ¿Vais a contarles a vuestros adversarios los últimos acontecimientos?

—¿A los Pigmeos? No, ¿por qué?

—Ajá. Bueno, pues nada. —El señor Staubmann echó un vistazo a su alrededor—. Yo me voy a buscar a la señorita Rose. Que os vaya bien, pareja. Hasta luego.

—Vale —murmuró Sardine.

Se frotó la nariz una vez más con gran dedicación.

—Eso de que la excursión nocturna tenga que ser justo hoy... —dijo Wilma—. Me dan como escalofríos, ¿a ti también?

Sardine negó con la cabeza.

—¿No crees que el fantasma vaya a venir esta noche? —preguntó Wilma.

—No, yo creo que no —respondió Sardine—. Al menos no un fantasma de verdad. Pero seguro que pasa algo.

Para Wilma, aquel comentario no fue muy alentador.

La muralla vikinga en realidad no era nada del otro mundo. Aunque el señor Staubmann les contó algunas historias sobre los vikingos y otros salteadores, todos se alegraron de que llegara la hora de regresar a la granja escuela. Después de la merienda-cena, cuando Fred y Willi acabaron con el turno de la cocina, los Pigmeos se fueron a jugar al ping-pong. Las Gallinas Salvajes decidieron participar. El ping-pong era el único deporte que le gustaba a Trude. Faltaba mucho para la excursión y en todo ese tiempo era fácil que Trude volviera a pensar en cosas desagradables. De modo que estuvieron dos horas jugando por turnos al ping-pong, hasta que la camiseta se les quedó pegada al cuerpo y la mitad del dinero que tenían fue a parar a la máquina de bebidas. Lo pasaron en grande.

Wilma fue la única que se quedó sentada en el antepecho de la ventana con cara larga porque no sabía jugar al ping-pong. Fue sacando un refresco detrás de otro de la máquina de bebidas y no paró de preguntar la hora. Melanie le juró por sus uñas verdes que, en cuanto volvieran a casa, le enseñaría a jugar al ping-pong.

Para gran alivio de Wilma, la sala de ping-pong cerraba a las nueve, justo cuando los Pigmeos iban ganando nueve a diez gracias a la destreza de Stevie. La señorita Rose los mandó a todos a la habitación y les dio instrucciones de presentarse en el vestíbulo de la entrada a las once en punto, con ropa de abrigo y las linternas a mano.

—¿A las once? ¿Y por qué a las once? —preguntó Wilma, preocupada—. Pero... pero entonces a las doce todavía estaremos fuera.

—Ah, ¿es que te da miedo el fantasma? —Willi comenzó a balancearse de un lado a otro con los brazos levantados—. ¡Uuuuuh, soooooy eeeel guaaaaardacooooostas! ¡Buuhhh!

—¡Para ya! —Sardine, irritada, le pegó un empujón.

—¡No tengo nada de miedo! —exclamó Wilma.

Claro que le daba miedo. Todos se dieron cuenta. Estaba blanca como el papel, como si ella misma fuera un fantasma.

—Sí, sí, vamos. —Melanie la llevó del brazo hacia la escalera.

—¡Pero que no tengo miedo! —insistió Wilma—. De verdad que no.

—Todo el mundo tiene un poco de miedo en una excursión nocturna —le dijo Sardine mientras la metía en la habitación.

—Claro. —Melanie le dio al interruptor para encender la luz—. Es que para eso se hacen las excursiones nocturnas, para pasar un poquito de miedo.

Wilma la miró insegura.

—Yo hice una vez una excursión nocturna —explicó Trude—. En un campamento. Fue horrible. Pasé tanto miedo que casi me lo hago todo encima.

Se sentó en su cama y sacó la cajita que le habían regalado las demás de debajo de la almohada. Con mucho cuidado metió dentro un sobre de azúcar del café del puerto, la entrada del museo y un guijarro de la playa.

—Bueno, al menos en la playa no hay árboles —apuntó Melanie. Mientras bostezaba se quitó el jersey y rebuscó en su maleta—. Otra vez. No sé qué ponerme.

—Algo de color claro —dijo Sardine—. Así nos veremos bien unas a otras.

En aquel momento entró Nora en la habitación con otras dos chicas de la habitación de las repipis. Durante el tiempo libre del mediodía las tres habían descubierto que compartían el gusto por los solitarios.

—Hola, Melanie —dijo una con voz aguda—. ¿Ya sabes qué te vas a poner mañana para la fiesta de despedida de la discoteca?

—Claro —respondió Melanie—. Pero no pienso decírtelo.

Las otras se encogieron de hombros con aire de indiferencia.

—¡No lo entiendo! —protestó Sardine—. Vaya unas preocupaciones que tenéis...

—¿Y tú qué? —le dijo Nora—. He oído que vosotras y los Pigmeos andáis persiguiendo a un fantasma que deja huellas mojadas.

Fue tanta la risa que les dio a las chicas de la habitación de las repipis, que se quedaron casi sin fuerzas para sentarse en la litera de Nora.

—¡Qué tontería! —gruñó Sardine—. Estamos persiguiendo al que se hace pasar por un fantasma.

—Uy, eso es demasiado complicado para mí. —Nora

se sentó con las piernas cruzadas junto a las otras dos y comenzó a barajar unas cartas diminutas.

—Sardine —musitó Trude—. Si de verdad no hay ningún fantasma...

—Que no lo hay —la interrumpió Melanie impaciente—. Te apuesto lo que quieras.

Se metió por la cabeza un vestido de punto de color negro.

—¡He dicho que elijas algo de color claro! —protestó Sardine.

—Pero es que me apetece vestirme de negro —respondió Melanie en tono impertinente, y empezó a peinarse los rizos—. Además, es lo más abrigado que he traído.

—¡Pero escuchad una cosa! —les suplicó Trude—. Si no hay ningún fantasma, entonces a lo mejor, a lo mejor... —Se mordió los labios—. A lo mejor es todavía más peligroso. A lo mejor... es un ladrón de verdad.

—Ay, Dios. —Asustada, Wilma se tapó la boca con las manos.

—Sí, un ladrón que roba unas cuantas monedas viejas —se burló Sardine—. Que no; detrás de todo esto hay alguien más.

—Pero a lo mejor las monedas tenían muchísimo valor —insistió Wilma—. Como los sellos antiguos y esas cosas.

—Bueno, pues entonces ya las ha recuperado —apuntó Frida en tono áspero—. Y el jueguecito del fantasma se ha acabado. Ya me he cansado del tema, ¿vale? El mar está precioso por la noche, en serio. Yo he ido muchas veces con mis padres a pasear por la playa de noche. Todo está en calma. Sólo se oye el ruido de los pasos al caminar por

la arena y el murmullo del mar. —Suspiró—. Maravilloso. Yo lo haría todos los días...

—¡Uy, sí que eres romántica! —soltó Nora desde su cama. Wilma y Trude se limitaron a mirar a Frida un tanto confusas.

Soplaba el viento cuando salieron a la calle. La noche estaba oscura como boca de lobo. La luna asomó sólo unos instantes por detrás de las nubes que surcaban el cielo a gran velocidad.

Toda la clase seguía al señor Staubmann y a la señorita Rose hacia la playa, entre risas y gran alboroto. Gracias a todo ello, lo que Frida había descrito de forma tan hermosa como el ruido de los pasos en la arena y el murmullo del mar resultaba imposible de oír.

—¡Eh, chicas! —exclamó Fred. Al darse la vuelta, Sardine recibió en los ojos el impacto de la luz de la linterna de Fred. Los Pigmeos avanzaban por la oscuridad de la playa a tan sólo un metro de ellas—. Con este tiempo no tendréis miedo de que aparezca el fantasma. ¡Este viento arranca de cuajo la mieditis!

Los Pigmeos estuvieron a punto de ahogarse con su propia risa. Sólo Steve miraba permanentemente a su alrededor con cierta inquietud. Pero ante tanta oscuridad las linternas no servían de mucho.

—Entonces hoy... —Torte bajó el tono de voz—,

¡hoy es el día de la muerte del terrible Jap Lornsen! Seguro que hoy atraaaaapa a otra pooooobre víctima.

—¡Ya basta! —exclamó Trude—. No le veo la gracia.

—Déjalo ya, Torte —dijo Willi—. A las Gallinas les dan miedo los fantasmas.

—Sí, sí, que luego no ponen huevos —intervino Steve con voz chillona.

Sardine se volvió hacia ellos con gesto furibundo.

—¿Ya no os acordáis de que nos habéis dado vuestra palabra de honor?

—¿La palabra de honor para qué? —preguntó Trude, asombrada.

—Bah, nada, nada —respondió Sardine.

—Vale, vale. —Fred hizo retroceder a los demás—. Sólo era una broma. Creíamos que os alegraría nuestra compañía.

—Pensábamos que si no, os daría miedo caminar por la oscuridad —agregó Torte con una sonrisa burlona que le iba de oreja a oreja.

Pero Frida le lanzó una mirada tan cargada de indignación, que al cabo de un instante la sonrisa de Torte se desvaneció por completo.

—Pues resulta que lo que yo quiero —intervino Melanie—, ahora que estoy caminando por la arena en la oscuridad, es poder mirar las estrellas en silencio, escuchar el murmullo del mar y sentirme un poco romántica, ¿entendéis? Y eso, con vuestras tonterías infantiles, es imposible.

—¡Oh, Melanie! —Fred apoyó una rodilla en el suelo y apretó sus manos contra el lugar donde calculó que tenía el corazón—. Nosotros somos muy románticos. De verdad.

—Sí, amamos las estrellas y todo eso —intervino Steve con voz chillona—. En serio.

Melanie negó con la cabeza, pero no pudo contener la risa. En cambio Sardine se mostró indignada.

—Oh, vamos —dijo—. Olvídate de esos idiotas de una vez, ¿vale?

—¡Está bien! —Fred hizo una reverencia con gesto socarrón—. Si Sardine no tiene tiempo para el romanticismo, nosotros nos largamos.

—Pero luego no vengáis a buscarnos cuando venga el fantasma —les advirtió Willi.

Acto seguido salieron corriendo, adelantaron a la larga fila de niños que caminaban arrastrando los pies por la arena y desaparecieron en la oscuridad.

Melanie continuaba riéndose.

—A pesar de todo son monos, ¿no? —dijo.

—¿Tú crees? —gruñó Sardine.

—Eh, venga. —Frida le dio una palmadita cariñosa en la espalda—. Melanie tiene razón. Estaban de broma.

Había cesado el ruido. La mayoría de los niños caminaba en silencio o hablaba con el de al lado en susurros. Alumbraban con las linternas unas veces a los pies, otras al mar, donde los haces de luz se perdían en la oscuridad de las olas. También las Gallinas Locas caminaban calladas, Sardine cogida del brazo de Frida y Melanie del de Trude y Wilma. La inmensidad de la noche era infinita y el viento fue llevándose consigo cada vez más nubes, hasta dejar todo el cielo cubierto de estrellas. De repente el señor Staubmann apareció delante de ellas con una bolsa de plástico en la mano.

—Estoy recogiendo todas las linternas —informó.

—Y eso, ¿por qué? —Trude se escondió la suya detrás de la espalda en un gesto reflejo.

—Para que sepáis cómo es la noche sin luz artificial —respondió el señor Staubmann—. Al menos ésa es la explicación. Pero a los chicos les he dicho que es una prueba de valor. Quedaos con la versión que más os guste. Y quien no quiera entregarme la linterna —miró a Trude—, por supuesto puede quedársela.

Trude se mordió los labios, miró primero a Melanie y después a Sardine, y finalmente metió la linterna en la bolsa. A continuación se agarró bien fuerte del brazo de Melanie.

—Pasadlo bien —les dijo el señor Staubmann—. Continuaremos hasta aquellas dunas altas de allí. Podréis distinguirlas incluso en la oscuridad. Desde allí volveremos por el camino de madera, que esperemos que nos guíe directos a la granja. ¿Está claro? Ahora voy a cubrir la retaguardia de la expedición.

Y con esas palabras continuó hacia la parte trasera de la fila.

Sardine se volvió. Detrás sólo iban Nora y las otras dos aficionadas a las cartas.

—¿Y dónde está Matilda? —le preguntó Sardine a Frida.

—Está delante, con la señorita Rose. —Frida bajó el tono de voz—: ¿Sabes una cosa? Trude y ella se han pasado toda la cena hablando de los padres y de las separaciones y todo eso. Yo creo que a Trude le ha venido muy bien que Matilda haya pasado por el mismo problema. Al fin y al cabo, todos los demás de la clase que tienen padres separados son chicos.

—Hum —murmuró Sardine.

Muchos padres de niños de la clase estaban divorciados o separados. Pero Sardine era la única que ni siquiera conocía a su padre. Aquello le causaba una sensación extraña, pero ¿de qué servía darle más vueltas?

—¡Sardine! —le susurró Wilma de repente.

—¿Pasa algo?

—¿Qué ha sido eso?

—¿El qué? —Sardine y Frida se pararon a escuchar.

Wilma no era la única que había oído algo. Toda la clase se había detenido para intentar oír mejor.

—¡Eso es el viento! —dijo Melanie.

—Pero ¿cómo va a ser eso el viento? —preguntó Trude, atemorizada.

Se oían como unos gritos, unos lamentos sordos que resonaban cada vez más fuerte por toda la playa.

—¡El fantasma! —exclamó Steve—. Socorro, señorita Rose, el fantasma está ahí.

En la oscuridad, Sardine vislumbró dos siluetas que echaban a correr. Seguro que era Fred, probablemente con Willi. Uno de los dos tenía todavía su linterna. ¡Qué cara más dura!

—¡Viene de ahí delante! —exclamó Melanie—. De las dunas.

Sardine echó a correr, pero en la oscuridad no paraba de tropezar. Lo que ella quería era saber quién diantres les estaba tomando el pelo. Y si Fred se atrevía, ella por supuesto no iba a ser menos. Las plantas de los pies se le hundían en la arena húmeda y correr así resultaba agotador. Luego se dio cuenta de que las demás la seguían: todas las Gallinas Locas.

—¡Toma! —exclamó Wilma—. ¡Toma, Sardine, yo todavía tengo mi linterna!

Aliviada, Sardine alcanzó la linterna y alumbró hacia delante. Los alaridos y los lamentos eran cada vez más audibles. Pero en la oscuridad no se veía nada más que a los Pigmeos corriendo. ¿O acaso había algo más? El señor Staubmann también se había lanzado a la carrera hacia los ruidos. Avanzaba más deprisa que las chicas. Al poco había alcanzado incluso a los Pigmeos.

—¡Vaya! ¡Quién iba a decir que corría tan rápido! —comentó Melanie.

A las Gallinas les costó un gran esfuerzo llegar a lo alto de las dunas. Allí arriba se detuvieron. A tan sólo dos metros estaban los Pigmeos. Los ruidos fantasmagóricos procedían de abajo, de la oscuridad que se extendía en la playa. Los dos, Fred y Sardine, alumbraron en esa dirección con las linternas, no se veía nada, aparte de arena.

Sin embargo, los gritos se oían cada vez más alto.

—¡Es un ruido horrible! —refunfuñó Trude.

—Yo no quiero bajar ahí —les dijo Wilma, asustada.

Los Pigmeos también parecían indecisos.

El único que no lo estaba era el señor Staubmann. Con cierta torpeza y seguido por el vuelo de su abrigo, se deslizó pendiente abajo.

—Pero ¿qué hace? —exclamó Trude, horrorizada.

—¡Ahora es cuando el fantasma sale de la arena y lo arrastra con él! —susurró Wilma—. Como las arenas movedizas. Yo eso lo he visto en la tele.

Miraron fijamente hacia abajo, sobrecogidas.

—¡Ha desaparecido! —exclamó Melanie de pronto—. ¡En serio! Ha desaparecido.

Las otras cuatro escucharon.

Efectivamente. El viento era lo único que se oía, el viento y el mar.

—¿Qué es lo que está pasando? —oyeron que preguntaba la señorita Rose a voces. Ella se había quedado con el resto de la clase. Y es que aparte de los Pigmeos y las Gallinas Salvajes, sólo otros cuatro niños habían participado en la persecución del fantasma.

—¡Todo en orden! —exclamó el señor Staubmann desde abajo—. Aquí no hay nada. Nada de nada, aparte de unas cuantas cajetillas de cigarrillos vacías.

Inmediatamente Sardine se guardó la linterna en el bolsillo del abrigo y se deslizó por la duna abajo hacia el lugar donde se encontraba el señor Staubmann. Todos los demás, Gallinas y Pigmeos, la siguieron.

Una vez abajo todos miraron perplejos a su alrededor.

—¡Nada! —dijo Fred dando un pisotón de rabia en la arena—. Aquí no hay nada. ¡No me lo puedo creer!

Levantó la vista hacia Sardine.

—¿Habéis visto si alguien salía corriendo?

Sardine negó con la cabeza.

—¡Pero tendríamos que haber visto a alguien! —dijo Torte, un poco nervioso. Sardine nunca lo había visto tan alterado.

—Sí, esto es realmente extraño —admitió el señor Staubmann—. Aunque aceptáramos la teoría de Melanie de que esto es un cebo para atraer a los turistas, estábamos lo bastante cerca para ver a la persona encargada de hacerlo. —Miró a su alrededor con gesto reflexivo—. Al final todos oíamos los gritos con mucha, mucha claridad, ¿verdad?

—¡Clarísimos! —Willi asintió con el gesto sombrío—. Yo tenía los pelos de punta. Ya pensaba que ese Lornsen me iba a atrapar aquí mismo con sus asquerosas manos.

Entre los demás reinaba un incómodo silencio.

—A lo mejor ha desaparecido en la duna —apuntó Wilma con la voz temblorosa—. Los fantasmas pueden hacer eso.

—¡Qué va! —Sardine negó tajantemente con la cabeza—. Ahora mismo hay alguien en la arena partiéndose de la risa a costa de nosotros. Seguro.

—¿Tú crees? —Trude se acercó a ella y le cogió la mano.

—Por una vez Sardine tiene razón —dijo Fred—. Alguien se está burlando de nosotros.

—Bueno, al menos no podemos decir que este viaje haya sido aburrido —suspiró Melanie.

—Eso es verdad. —Steve rió nervioso—. Un programa completito.

—Vamos. —El señor Staubmann volvió a subir por la duna con torpeza—. Es hora de volver con los otros. ¿O queréis quedaros aquí buscando otro rato en la oscuridad?

Fred negó con la cabeza.

—No, no serviría de nada. Si de verdad hubiera un fantasma, no lo encontraríamos. Y si es una persona, ya está escondida en las dunas y sería como buscar una aguja en un pajar.

—¡Totalmente de acuerdo! —dijo el señor Staubmann, secundando el argumento de Fred—. Por lo tanto, admitimos que por esta noche no podemos resolver el misterio del fantasma de la granja escuela. ¿Vamos?

Sardine se pasó toda la noche sin pegar ojo. Una y otra vez intentaba encontrar alguna relación, algo que vinculara todos los sucesos: la tenebrosa carcajada en mi-

tad de la noche, luego el robo de las monedas, las huellas mojadas que acababan en la pared y, por último, los gritos terroríficos en las dunas.

En el exterior, una estrecha línea del horizonte se teñía ya de rojo cuando de pronto a Sardine se le ocurrió una idea. Una idea descabellada...

No podía ni imaginarse que casi al mismo tiempo Fred había pensado lo mismo.

A la mañana siguiente hacía un tiempo fantástico. El último día que iban a pasar en la isla brillaba el sol, el mar era por primera vez de un azul intenso y hasta Sardine sintió ganas de caminar descalza por la orilla. La isla no les ponía fácil la despedida.

Trude estaba sentada junto a la ventana con el semblante más alicaído que las demás.

—¡Es que aquí todo es tan bonito! —murmuró—. No quiero ni pensar que mañana tenemos que irnos.

—¡Pues no lo pienses! —Melanie se puso sus gafas de sol y unos pendientes de plástico de Mickey Mouse—. No lo pienses. Así de fácil.

Pero a Trude no le parecía nada fácil.

—¿No aparece tu ropa en el libro de los premios Guinness? —preguntó Sardine—. Tendrían que ponerla, por ser la ropa más corta del mundo y de todos los tiempos.

—¡Ja, ja, ja! —Melanie se colocó bien los pendientes—. Es que no a todo el mundo le gusta ir por ahí siempre con los mismos pantalones.

—Eh, venga. —Frida las empujó a las dos hacia la puerta—. No empecéis otra vez con ese tema. Ya llegamos tarde a desayunar.

Sólo estaba libre la mesa que se encontraba junto a los Pigmeos. Los chicos tenían unas caras tan largas, que parecía que les hubieran dado gusanos para desayunar. Cuando las chicas se sentaron, ni siquiera levantaron la vista.

—Pero ¿qué les pasa? —preguntó Frida en susurros.

—Buenos días a todos. —La señorita Rose se puso en pie y dio unas palmadas—. Un poco de silencio, por favor. —Aquel día llevaba los labios pintados de rosa, como siempre que hacía buen tiempo—. Ahora que ya estamos todos —miró a las Gallinas con el rabillo del ojo—, ahora que por fin estamos todos, quiero comentaros algo sobre el programa de hoy.

—¡El programa! —Melanie puso cara de aburrimiento—. Otra excursión no, por favor.

—En un principio —continuó la señorita Rose—, el plan era que hoy visitáramos la reserva de aves marinas, pero me acaban de comunicar que precisamente hoy han tenido que cerrar por enfermedad. Por desgracia, no podremos profundizar en el tema del medio ambiente aquí en la isla, pero —y dirigió una sonrisa al señor Staubmann— ya lo retomaremos en clase.

—¡Ja, ja! ¡Pero si seguro que nosotros sabemos más que él sobre protección del medio ambiente! —exclamó Fred malhumorado—. Siempre tenemos que oír lo mismo. Yo no he contaminado ninguna ave marina. Recojo todos los papeles y los trozos de cristal. En cambio, ¿qué hacen mis padres? Lo tiran todo al cubo de la basura. ¡Plaf! ¡Adentro! ¡Ya está todo limpio!

—Hala, y a Tombuctú con el barco de la basura —añadió Torte.

El señor Staubmann se limitó a sonreír con sorna.

—Bueno, ya veo que estáis magníficamente informados. Estoy impaciente por ver vuestros trabajos.

Los Pigmeos se enfurruñaron aún más.

—Bueno, volviendo al tema —comenzó de nuevo la señorita Rose—: hemos pensado que el último día podéis pasar perfectamente sin programa. Tenéis el día libre. Con una sola condición: que os quedéis aquí en la playa, que nadie se marche sin avisar y —levantó el dedo— a las tres de la tarde el señor Staubmann y yo os invitaremos con mucho gusto a una barbacoa. Esta noche, como ya sabéis, hay una fiesta de despedida en la discoteca, de las ocho hasta las diez.

—Genial. ¡No hay programa! —Melanie aplaudió—. ¡Por fin voy a poder estrenar mi biquini nuevo! ¿Qué os parece, hermanas Gallinas? ¿Vamos a la playa a tirar a los chicos al agua?

—¿A tirarlos al agua? —respondió Sardine—. Pero si ya están como si les hubieran tirado un jarro de agua fría por encima.

Los Pigmeos, desganados, no se movían de sus sillas. Steve hizo un truco de magia, pero aquello tampoco logró levantar los ánimos.

—Pero ¿qué les pasa? —dijo Wilma.

Melanie entornó los ojos con gesto pensativo.

—Un momento. ¿Qué día de la semana es hoy?

Frida la miró perpleja.

—Sábado, ¿por qué?

—¡Pues ya está! ¡Oh, pobrecitos, madre mía! —Con gran regocijo, Melanie miró a los chicos con una sonrisa socarrona.

—Pues yo no entiendo nada —dijo Sardine—. ¿Es que ahora de repente hablas en clave?

—¡Bah, qué poco conocéis a los chicos, de verdad! —Melanie se inclinó sobre la mesa y bajó el tono de voz—: Los sábados por la tarde hacen fútbol por la radio. Yo también lo escucho algunas veces. Es muy divertido. Estoy segura de que los chicos no se lo han perdido ni un solo sábado. Y encima justo hoy juega su equipo favorito. ¿Entendéis ahora?

—No —dijo Sardine.

Melanie levantó la vista con aire de desesperación.

—¿Es que no sabéis que son unos fanáticos del fútbol? Y, ¿qué era lo que no estaba permitido traer a la isla?

—Radios —respondió Trude.

—¡Madre mía! —Sardine sacudió la cabeza con gesto burlón—. ¿Y por eso están tan tristes?

—Seguro que es por eso —asintió Melanie—. Mirad, os lo voy a demostrar. Eh, Fred —dijo, volviéndose hacia los Pigmeos—. ¿Qué vais a hacer hoy, entre las tres y media y las cinco y media? ¿Jugar al fútbol?

Willi la miró como si deseara arrancarle la cabeza allí mismo.

—¡Eh, ahora no vengáis a burlaros de nosotros! ¡Ya sacaremos una de algún sitio! —gruñó Fred—. ¡No me entra en la cabeza que nos prohíban tener una radio!

—¿Lo veis? —Melanie le guiñó un ojo a Sardine.

—El señor Staubmann tiene una radio —dijo Wilma—. A lo mejor os la deja...

—Ya se lo hemos preguntado —murmuró Torte—. Ni soñarlo...

—Dice que él detesta el fútbol —explicó Steve con

voz chillona—. Y que no quiere sentirse responsable si se nos ablanda el cerebro, o algo así ha dicho.

—Ablandársenos el cerebro... Ja —refunfuñó Fred—. Se creerá muy gracioso. Seguro que tiene el chisme en la habitación muerto de risa. Si es que no está escuchando las noticias...

—Pero en la sala común hay una televisión —intervino Trude—. Los sábados por la noche siempre hay fútbol. Yo lo sé porque mi padre... —En aquel momento se atascó y se mordió los labios—. Porque mi padre siempre lo ve.

—¡Pero no es en directo! —gritó Willi, furibundo.

—Bueno, chicos, es el destino. —Melanie se puso de pie y se colocó bien la ropa—. Sobreviviréis...

—Eso —dijo Sardine—. Además, seguro que no gana vuestro equipo...

Luego las Gallinas Locas fueron a tumbarse a la playa.

Los Pigmeos apenas se dejaron ver. Durante un rato siguieron construyendo su castillo de arena, pero luego volvieron a meterse dentro de la casa. La señorita Rose estaba leyendo su novela en una silla de playa mientras el señor Staubmann caminaba por el agua fría de la orilla con los pantalones remangados; fumaba un cigarrillo detrás de otro e intervenía de cuando en cuando, cada vez que alguien intentaba tirar a un compañero al agua con toda la ropa puesta.

Aquella última mañana en la isla fue de lo más placentera. Melanie se pasó casi todo el rato tomando el sol, y el resto del tiempo lo dedicó a pintarse las uñas de los pies de verde caqui. Trude estuvo recogiendo piedras y conchas con Frida y con Matilda, Wilma se dedicó a leer *Tom Sawyer* —casi se come los dedos de la emoción—, mientras Sardine hundía los dedos de los pies en la arena. Sólo se había quitado los calcetines. Seguía dándole vueltas al asunto del fantasma.

En un momento dado, después de haber enterrado y desenterrado los pies exactamente trece veces, dijo de pronto:

—Creo que ya sé quién es.

—¿Quién es quién? —murmuró Melanie sin abrir los ojos.

—El fantasma —dijo Sardine, frunciendo el ceño porque le molestaba el sol.

—A ver si lo adivino —dijo Melanie—. Es, eh, sí, es el señor Appelklaas, el señor gordo y bajito del museo. Se aburre tanto de estar allí en el museo, que en el tiempo libre se hace pasar por un fantasma.

—¡Vaya tontería! —Malhumorada, Sardine lanzó un puñado de arena a los dedos verdes de Melanie.

—¡Eh! —exclamó—. Todavía no estaban secas. Ahora tengo que volver a empezar. ¿O es que crees que quiero llevar unas uñas de papel de lija?

—Bueno, cualquier cosa sería mejor que ese verde caqui —replicó Sardine.

Melanie le sacó la lengua.

—Tú no tienes ni idea de esto. Pero dímelo de una vez, ¿quién es el fantasma?

—No —dijo Sardine, moviendo la cabeza—. De momento no tengo ninguna prueba. Sólo son sospechas.

—Como quieras —suspiró Melanie—. A lo mejor esta noche consigues pruebas. Seguro que el fantasma sale con algún numerito de despedida.

—Exacto. —Sardine volvió la vista hacia la casa—. ¿Qué estarán haciendo los chicos? ¿No nos estarán metiendo gusanos en la cama?

—¡Qué va! —Melanie se quitó el esmalte de las uñas—. En este momento tienen otras preocupaciones. Seguro que están dando vueltas por ahí y preguntando si alguien les puede dejar una radio.

—De todas formas voy a mirar. —Sardine se levantó y se sacudió la arena de los pantalones.

Había pocas cosas que le resultaran tan aburridas como tomar el sol en la playa. Una era arrancar las malas hierbas del huerto de su abuela, por ejemplo. Y eso, por desgracia, tenía que hacerlo bastante a menudo.

Sardine atravesó el vestíbulo de la casa. Miró el inmenso reloj. Ya eran las dos y media. A los Pigmeos les quedaba poco tiempo para conseguir una radio. Cuando subía por la escalera dando brincos, de pronto oyó la voz de Steve. Nadie más tenía una voz de pito como aquélla.

Agachada, se deslizó hasta el último peldaño y echó un vistazo al pasillo. Allí estaban, todos apiñados y sin duda con cara de culpabilidad, eso se veía de lejos. Pero los Pigmeos no estaban ante la puerta de las Gallinas Salvajes, sino delante de la del señor Staubmann. Willi y Fred se encontraban mirando al pasillo con gesto de preocupación; mientras tanto, Steve y Torte se habían arrodillado junto a la puerta y hurgaban con algo en la cerradura.

—¡Acaba ya de una vez, Steve! —urgió Fred.

—Deberíamos dejarlo —dijo Willi. Nervioso, se balanceaba apoyándose primero en un pie y luego en otro—. En serio, Fred. Esto ya no es un truco de magia de Stevie. Esto es un intento de robo. Como se entere mi padre, me pondrá la cara llena de aplausos.

—Ya te dije que te quedaras en la habitación —susurró Fred—. Como nunca me haces caso...

—¡Ya lo tengo! —exclamó Steve con voz chillona.

La puerta del señor Staubmann se abrió. Torte se coló en la habitación y volvió a salir con la radio.

Sardine contuvo la respiración. ¿Es que estaban chalados?

—¡Ahí va! Es un radiocasete de los buenos —susurró Willi—. Con cedé y cinta. —Retrocedió un paso y levantó las manos apartándose—. Eh, chicos, volved a dejarlo dentro. Si le pasa algo, nos echarán a todos del colegio.

—Pero ¿quién nos va a encontrar en el desván? —preguntó Fred en susurros—. Los del piso de abajo no nos conocen de nada. Y tampoco vamos a estar todos sentados delante de la radio todo el rato. Al menos siempre tiene que haber uno en la playa vigilando al señor Staubmann. Nos vamos cambiando cada cuarto de hora. A las cinco y cuarto en punto, en cuanto acabe el partido, Steve la devuelve, ¿entendido?

—Entendido —asintió Steve.

Torte se colocó la inmensa radio debajo del brazo y los Pigmeos se dirigieron en grupo hacia la escalera. Fue entonces cuando Sardine se levantó.

—¿Sabéis una cosa? —les dijo—. Esta vez os habéis pasado de la raya.

Los Pigmeos se quedaron sin habla.

—¡Jo, Sardine! —se enfurruñó Fred.

—¡Ahora se van a chivar! —exclamó Steve con su voz aflautada—. Nos van a echar del colegio.

Torte se mordía los labios con gesto nervioso. Y Willi parecía que fuera a desmayarse en cualquier momento.

—Qué tontería, cómo me voy a chivar —replicó Sardine, ofendida—. Pero de todas formas deberíais devolver ahora mismo ese trasto a la habitación del señor Staubmann. ¿Adónde vais con eso?

—Al desván del primer piso —murmuró Steve con un hilo de voz.

—Sólo lo hemos cogido prestado —aseguró Fred—.

¡Sólo para el partido! En cuanto acabe lo devolveremos.

—¡Estáis como una cabra! —Sardine dio media vuelta—. Os habéis pasado de la raya. Pero yo no he visto nada.

—Qué, ¿estaban metiéndonos gusanos en la cama? —preguntó Melanie, que se había vestido de nuevo, cuando Sardine volvió a la playa—. Es que en biquini tenía frío —explicó—. Los que se bañan deben de ser medio esquimales.

—Los chicos le han robado la radio al señor Staubmann —soltó Sardine.

Melanie la miró desconcertada.

—No puede ser.

—Sí. —Sardine se sentó en la arena junto a Melanie—. Y todo por el dichoso partido. Ahora se han metido en no sé qué desván. Están chiflados, ¿no crees?

—¿Y dónde está el señor Staubmann? —preguntó Melanie—. Hace un buen rato que no lo veo.

—Yo sí —murmuró Sardine—. Está asando salchichas en la parrilla con un delantal horrible mientras la señorita Rose sirve ensalada de patatas en platos de papel.

—Y mira, ahí tienes al tragón de Steve en un desván en vez de salir corriendo a por su ración de salchichas —dijo Melanie entre risas—. Uf, deben de tener unas ganas locas de oír ese partido.

—Bueno, yo no pienso dejar que esas tonterías me quiten el hambre —dijo Sardine—. Las salchichas del señor Staubmann huelen de maravilla. ¿Qué te parece si

vamos a por una? Frida, Trude y Wilma ya van para allá. ¿O no se te han secado todavía las uñas?

Aquel comentario hizo que Melanie la persiguiera a todo correr hasta la barbacoa.

Trude renunció a la salchicha y también a la ensalada de patatas. En lugar de coger un plato, se entretuvo mordisqueando un palito de pan. En cambio, Steve no tardó en aparecer para llevarse un plato gigantesco. Mientras engullía una salchicha tras otra, no apartaba la vista del señor Staubmann. Pero el profesor estaba demasiado ocupado con las salchichas. Un cuarto de hora más tarde apareció Torte de bastante mal humor y sustituyó a Steve en el puesto de vigilancia.

—¿Y qué van a hacer si sube el señor Staubmann? —preguntó Wilma con la boca llena. Sardine, por supuesto, les había contado a las demás la «operación Radio» de los Pigmeos—. ¿Piensan ponerle la zancadilla o algo así?

Trude casi se atraganta con el pan.

Después de Torte llegó Willi, y después de éste, Fred. El jefe el último, como tenía que ser.

Entre tanto el señor Staubmann se sentó a la mesa con la señorita Rose, se bebió una cerveza, se comió una salchicha y se quedó descansando después de tanto asar y asar en la parrilla. De cuando en cuando se limpiaba los labios de ketchup con su estrafalario delantal.

De pronto Wilma le dio un golpecito a Sardine.

—Se le han acabado los cigarrillos —susurró—. ¿Lo ves?

El señor Staubmann sacó una cajetilla del bolsillo

de la camisa, echó un vistazo a su interior y la arrojó sobre la mesa.

—¡Oh, oh! —Las Gallinas Locas miraron a Steve, pero en ese preciso instante él se había distraído de su misión de vigilante y había centrado su atención en la tercera ración de salchichas.

El señor Staubmann se puso en pie y pasó junto a las rodillas desnudas de la señorita Rose.

—¡Ay, ay, ay! ¡Como los pillen, los echan del colegio! —exclamó Frida, preocupada.

Steve continuaba absolutamente concentrado en su salchicha.

En aquel momento Sardine se levantó de un salto.

—¡Señor Staubmann! —gritó.

El profesor, sorprendido, se dio la vuelta.

Steve dio un respingo y, del susto, se le cayó la salchicha mordisqueada.

—Esto... sólo quería preguntarle una cosa. —Sardine miró al señor Staubmann directamente a los ojos—: ¿Cree usted que esta noche volverá el fantasma?

El señor Staubmann miró a Sardine, guardó silencio durante un instante y luego esbozó una sonrisa sarcástica.

—Yo creo que sí —dijo—, porque como ayer por la noche tuvo tanto éxito...

Sardine continuaba mirándolo.

—Bueno, pues ojalá se deje ver un poco más.

—Quién sabe. —El señor Staubmann se encogió de hombros—. A lo mejor lo único que sabe hacer es rondar por ahí lamentándose y arañando las puertas. No soy ningún experto en fantasmología, sólo soy un pobre profesor de lengua.

Dio media vuelta para seguir su camino.

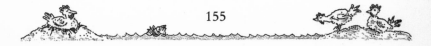

—¡Señor Staubmann! —exclamó Trude—. Es que...
¿ya sabe que el tabaco es muy malo para la salud?

El señor Staubmann se volvió de nuevo.

—Por desgracia tienes razón —admitió—, pero es el
único vicio que tengo, y uno tiene derecho a tener algún
vicio, ¿no? De todas formas —levantó la vista hacia el
cielo—, tal vez debería disfrutar de la brisa marina y dar-
les un pequeño descanso a mis pulmones.

—Exacto —asintió Sardine—. Muy sensato.

El señor Staubmann le guiñó un ojo, dio media vuelta y se sentó de nuevo a la mesa con la señorita Rose.

—Uf, por poco —resopló Wilma.

—¡Ni que lo digas! —Melanie levantó la vista con alivio—. Esta vez sí que hemos salvado de una buena a esos
cabezas de chorlito.

En aquel momento llegó Torte. Muy alterado, cuchi-
cheó con Steve y luego se dirigió a la mesa de las chicas.

—¡Eh! —Melanie le dio con el codo a Frida—. ¿Será
otra carta de amor?

Frida se ruborizó, pero Torte se acercó a Sardine.

—Fred dice que tienes que venir.

—Ah, ¿sí? —Sardine miró a Torte con cierta desconfianza—. ¿Es que ahora resulta que quiere darme órde-
nes también a mí?

Torte torció el gesto.

—¿Puedes venir, por favor?

—¿Adónde? ¿Al trastero? —Sardine volvió la mirada
hacia el señor Staubmann, pero estaba poniendo la segunda ronda de salchichas en la parrilla.

—¡Sí! Hemos descubierto algo interesante y Fred
cree que tú deberías escucharlo.

—Ah. —Sardine no entendía ni una palabra.

—Bueno, ¿vienes o no? —Torte, impaciente, daba golpecitos en la mesa con los dedos.

Sardine se levantó soltando un hondo suspiro.

—Vale, vale. Pero si en diez minutos no he vuelto, entonces ellas cuatro vendrán a buscarme, ¿entendido?

Torte asintió, aunque un poco molesto. Salió corriendo a toda velocidad con Sardine, entraron en el edificio, subieron por la escalera, recorrieron un pasillo y se detuvieron delante de una puerta estrecha. Sardine oyó unas voces muy débiles. Torte dio dos golpes en la puerta y luego un tercero. Enseguida se adentraron con rapidez en la oscuridad.

Los Pigmeos estaban apretujados como sardinas en lata alrededor del radiocasete del señor Staubmann.

—¿Cómo van? —preguntó Torte.

—¡Olvídalo! —respondió Willi—. Menudo chasco de partido.

—¿Y yo qué hago aquí? —preguntó Sardine.

—Escuchar una cosa —contestó Fred—. En realidad es un regalito para darte las gracias por no chivarte.

—A mí me parece que es todo un regalazo —murmuró Willi—. Pero como a mí nadie me hace caso...

Fred le dio a un botón para quitar la radio y activar el casete. Luego apretó el Play. El espíritu de Jap Lornsen comenzó a lanzar gritos y lamentos desde el radiocasete del señor Staubmann. Sardine sonrió con sorna.

—¡Ya me lo imaginaba! —exclamó con satisfacción.

—¿Cómo? —Fred la miró un poco decepcionado—. ¿No te ha sorprendido?

Sardine negó con la cabeza.

—Yo había llegado a esa conclusión, pero no tenía pruebas.

—¡Ja, pues nosotros sí! —gruñó Willi—. El señor Staubmann es el fantasma y los Pigmeos hemos ganado la apuesta.

—Pero no podéis demostrar nada de nada —replicó Sardine—. ¿O es que vais a ir a buscar al señor Staubmann y decirle: «Hola, hemos cogido prestada su radio un momentito y hemos descubierto una cosa.»?

—Tienes razón —refunfuñó Fred—. Pero por lo menos ahora sabemos quién nos está tomando el pelo. Ya es algo, ¿no?

—Por supuesto —asintió Sardine—. Y gracias por habérmelo contado. Pero ahora me gustaría salir de aquí.

—¿Ya podemos seguir oyendo el partido de una vez? —protestó Torte.

—¡Sí, sí! —Fred volvió a conectar la radio y los altavoces retumbaron al oírse un grito ensordecedor: «¡Gooooooool!»

—¿De quién? —Steve casi se atraganta de la emoción—. ¿De quién?

Sardine salió de la habitación.

—¡El señor Staubmann! —Melanie estaba inclinada sobre Trude y le recortaba el flequillo—. Es que no puedo creerlo.

Frida estaba de pie frente a ellas sujetando el gigantesco espejo de Melanie. Trude observaba con preocupación cómo su pelo iba disminuyendo poco a poco.

—Ahora un poco de gomina —indicó Melanie—, y estarás guapísima.

Trude no parecía tan convencida.

Además, ninguna de ellas tenía gomina. Melanie, con sus rizos, no la necesitaba.

—Pero pintalabios sí que tengo —dijo—. Y rímel. Y hasta un poco de sombra de ojos, ¿ves?

—No sé —murmuró Trude—. Yo creo que prefiero ir así, tal y como soy.

Wilma irrumpió de pronto en la habitación casi sin aliento.

—El señor Staubmann ha escondido el radiocasete. Entre los contenedores de basura, en un sitio por el que tenemos que pasar cuando volvamos esta noche de la

discoteca. Si no supiéramos dónde lo ha metido, sería imposible encontrarlo. Pero yo —Wilma se desplomó sobre una silla—, yo sé exactamente dónde está. ¿Qué hacemos ahora?

—Yo había pensado un plan. —Sardine estaba sentada en su cama y balanceaba las piernas—. Pero necesitamos a los chicos.

Las demás se volvieron hacia ella con asombro.

Sardine se lo explicó.

Poco tiempo después Wilma salió disparada con el recado en busca de los Pigmeos. Según el plan de Sardine, Willi, sobre todo, debía desempeñar un importante papel. Podría decirse que el papel más importante de todos.

La discoteca estaba en un edificio un poco apartado y, por lo tanto, más adecuado para los acontecimientos ruidosos. Dentro había una pequeña pista de baile con mesas y sillas alrededor, pósters en las paredes —aunque bastante antiguos— y un equipo de música con tocadiscos y reproductor de cintas, pero no de cedés, tal y como Steve constató con decepción. En cuanto a la iluminación, había unos cuantos focos para iluminar al pinchadiscos y el resto eran bombillas rojas. En lo que a la música se refería, las cintas estaban apiladas junto al equipo de música, ya que casi todos los alumnos habían llevado su música favorita para la ocasión. De las bebidas se habían encargado los profesores; para comer había fundamentalmente patatas fritas. Pero de todas formas, a la mayoría le duraba aún el empacho de salchichas del mediodía.

Las Gallinas Locas fueron las últimas en llegar a la fiesta. Después de preparar el plan de Sardine para desenmascarar al fantasma, Melanie fue a la habitación de las repipis a pedirles gomina para dar el toque final al peinado de Trude. El resultado, con el pelo un poco en punta, no estuvo mal del todo. Después Melanie se cambió de ropa otras tres veces, hasta que Frida y Sardine le cerraron la maleta y se la guardaron en el armario. Las otras tres iban como siempre, con las plumas de gallina al cuello y con unos pantalones que todavía tenían arena de la playa. No obstante, Sardine se percató de que Frida iba más perfumada de lo normal. Melanie olía como siempre: de mareo.

Los Pigmeos ya estaban allí cuando las chicas entraron en la sala oscura. Los cuatro estaban de excelente humor, ya que el gol que se oyó cuando estaban en el trastero lo había marcado su equipo. Ni siquiera Willi tenía el gesto ceñudo de siempre, pero eso más que gracias al fútbol se debía al hecho de que Sardine hubiera pensado en él para el papel principal del plan. Steve llevaba puesta una pajarita y el traje de mago que se ponía para los números de los cumpleaños. Fred, en lugar de llevar el aro pequeño que los Pigmeos tenían como insignia, llevaba colgado en la oreja un cangrejo seco diminuto. Parecía un pirata.

—¿Dónde está Torte? —preguntó Frida.

—Por ahí, detrás del montón de cintas —dijo Willi—. Se ha ofrecido voluntario para hacer de pinchadiscos.

—Ah —contestó ella, juguetenado con la pluma de gallina—. Pues voy un momento a saludarlo. —Le dirigió una tímida mirada a Sardine y se abrió camino para cruzar la abarrotada sala en dirección al equipo de música.

—Le ha escrito por lo menos cuatro cartas —murmuró Melanie.

—¿Cuatro? —Sardine negó con la cabeza—. Yo sólo he visto una.

—¡No me extraña! —Melanie arqueó las cejas con gesto burlón—. Es que tú no has estado atenta.

—Eh, Trude —dijo Steve—. Tenemos, eh..., tenemos una cosa para ti. —Se quitó su divertido sombrero de mago, metió la mano y sacó un collar de conchas—: Abramacabra. Un collar contra la tristeza. No falla casi nunca.

—¡Hala, gracias! —suspiró Trude. Cuidadosamente se pasó por la cabeza con su nuevo peinado el collar—. Yo, yo... —sonrió tímidamente—, no sé qué decir...

—Ah, nada, nada —dijo Fred—. Lo ha hecho Willi. —Se tocó el lóbulo de la oreja—. Igual que mi pendiente.

—Es genial —exclamó Melanie—. Yo quiero uno igual.

—¡Ningún problema! —masculló Willi, que se miró las manos un poco avergonzado.

—Por cierto, ¿qué pasa con nuestra apuesta? —preguntó Steve dándole vueltas a la pajarita como si fuera un molinillo.

Sardine se encogió de hombros.

—Yo diría que estamos empatados. Al final vamos a cazar juntos al fantasma, espero.

—Entonces haremos una cosa —propuso Fred—. Nosotros os llevamos el equipaje al tren y a cambio cada uno puede bailar con la Gallina que quiera.

—Vale, estupendo. —Melanie pestañeó con un gesto tan coqueto, que Sardine tuvo que apartar la mirada. Hasta ella misma se dio cuenta de que se le habían subido

los colores, pero con aquella luz tan tenue, por suerte, nadie se dio cuenta.

Trude empezó a morderse los labios.

—Entonces seguro que todos queréis bailar con Melanie, ¿no?

—No tiene por qué. —Steve soltó una risita tonta y volvió a darle vueltas a la pajarita.

—De todas formas no puede ser —dijo Sardine con brusquedad—. Nosotras somos cinco y vosotros cuatro. Sobra una, y eso es muy cruel.

—Bueno, yo bailaría encantado con dos Gallinas —exclamó Steve con su voz chillona de siempre. Aquella noche estaba imparable.

Sardine miró a las demás.

—A mí me parece bien —dijo Melanie.

—A mí también —dijo Wilma.

Trude sólo asintió con la cabeza.

—Vale. —Sardine suspiró—. Como queráis. Lo que está claro es a quién escogerá Torte. —Echó un vistazo a su alrededor. Frida aún no había regresado, aunque Torte ya se había puesto manos a la obra.

Se encendieron los focos, la luz roja inundó la sala y la música comenzó a retumbar tan fuerte que la señorita Rose dio un respingo en la mesa.

Steve cogió a Wilma con la mano izquierda y a Trude con la derecha y las llevó a la pista de baile.

Willi miró a Melanie, apartó la vista con timidez y volvió a mirarla de nuevo. Pero no pronunció una sola palabra.

Melanie se rió y se apartó los rizos de la cara.

—Bueno, ¿quieres bailar o no? —le preguntó.

Willi asintió y farfulló algo incomprensible.

Luego los dos desaparecieron en dirección a la pista de baile.

Sólo Fred y Sardine permanecieron indecisos de pie, entre las mesas vacías.

—Bueno, lo siento —murmuró Sardine—. Ahora sólo quedo yo.

—No seas tonta —dijo Fred—. Yo quería bailar contigo desde el principio.

—¿Qué? —preguntó Sardine.

Torte subía cada vez más el volumen de la música.

—¡Que yo quería bailar contigo desde el principio! —exclamó Fred a pleno pulmón—. Lo que pasa es que no sé bailar.

—¡Yo tampoco! —respondió Sardine, también gritando.

Los dos comenzaron a reírse a carcajadas, antes de atreverse a intentarlo juntos.

La fiesta en la discoteca tenía que durar de las ocho a las diez; a esa hora cerrarían el local. Pero a las diez menos cinco se fue la luz. Ocurrió de repente. En cuestión de un segundo todo quedó a oscuras y en silencio.

—¡Que no cunda el pánico! —oyeron que decía el señor Staubmann—. Probablemente hayan saltado los plomos. Será mejor que salgamos todos fuera con calma y sin armar jaleo.

Entre cuchicheos y apretones, toda la clase fue avanzando hacia la calle por la estrecha entrada. Ni Fred ni Sardine pudieron encontrar a los demás miembros de sus pandillas en la oscuridad.

—Seguro que éste es el comienzo de la última apari-

ción del fantasma del señor Staubmann —le murmuró Fred a Sardine al oído—. Apuesto lo que quieras a que ha sido él quien ha apagado la luz para crear un ambiente un poco más inquietante.

—Ya, menos mal que nosotros lo hemos preparado todo —respondió Sardine entre susurros. Se agarró de la manga de Fred para no perderse—. Dentro de poco nuestro querido señor Staubmann se va llevar un buen chasco. Lo que no entiendo es cómo va a poner en marcha el radiocasete.

—Ni idea —dijo Fred—. Al principio pensé que tenía un mando a distancia. Pero creo que cuando estábamos en la playa lo encendió él mismo antes de que saliéramos. La cinta estaba llena de gritos y lamentos desde el principio hasta el final, así que daba igual cuándo pasáramos por allí.

—¡Volvamos ya a las habitaciones! —exclamó la señorita Rose—. Mañana a primera hora vendremos a recogerlo todo. Avisaré al encargado de que se ha ido la luz.

—¡Ya lo aviso yo! —exclamó el señor Staubmann. Salió precipitadamente en dirección a la granja escuela. A partir de entonces nadie se fijó en él... excepto las Gallinas y los Pigmeos.

A medio camino, el señor Staubmann desapareció de pronto entre los contenedores de basura.

—Ajajá. Ahora ha encendido el trasto —murmuró Fred.

Steve se abrió camino hacia ellos junto a Wilma y Trude. También Willi, Melanie, Torte y Frida aparecieron entre la multitud.

—Bueno, ya podemos empezar —dijo Torte—. Estamos todos los Pigmeos y las Gallinas.

El señor Staubmann regresó con expresión inocente para reunirse con ellos. Entre risas y un gran alboroto la clase pasó junto a él. Sólo quedaban unos cuantos metros hasta los contenedores de basura.

—¡Ahí! —exclamó alguien de repente—. ¡Ahí! ¡Otra vez se oye! ¡El fantasma!

Los mismos alaridos y lamentos que la noche anterior en la playa se apoderaron de la noche. Todos se detuvieron y escucharon.

Pero de pronto se interrumpieron los lamentos y una voz muy grave bramó: «¡Staubmann! ¡Staubmann! ¿Dónde estááááás?»

Asustados, todos se volvieron hacia el señor Staubmann, cuyo rostro reflejaba un gran desconcierto.

Frida tuvo que taparse la boca con la mano para contener la risa.

«¡Staubmann! —exclamó aquella voz inquietante—. Has perturbado la paz de mi tumba. Has despertado a los espíritus de mis víctimas para que me persigan y no me dejen descansar en paz.»

—Hala, Willi —susurró Melanie—, lo has hecho muy, pero que muy bien.

—¡Suena como una auténtica voz de ultratumba! —musitó Wilma—. Muy lograda, de verdad.

Trude asintió.

—A mí se me ha puesto la piel de gallina.

Y era evidente que los demás estaban poco más o menos igual.

Nadie se movía. Ninguno de los que estaban allí hizo ademán de acercarse hacia la voz ni de indagar de dónde procedía. Ni siquiera la señorita Rose.

«¡Staaaaaaaaubmann, te lo advieeeeerto! —continuó

la voz—. No obligues a estos inocentes niños a escribir una redacción sobre mí... ¡O te visitaré todas las noches y te estrangularé con mis manos descarnadas!»

En aquel momento se oyeron las primeras risas.

—¡Está bien, está bien, me rindo! —exclamó el señor Staubmann. Levantó las manos mientras la voz distorsionada de Willi continuaba hablando en susurros sobre la paz en la tumba, los huesos de las manos y las venganzas de los espíritus—. ¡Lo confesaré todo! —exclamó el señor Staubmann—. El fantasma era yo. Sí..., sí...

—¿Usted? —La señorita Rose, atónita, se volvió hacia su colega—. ¿Usted lo ha hecho todo? ¿Los arañazos en las puertas, la carcajada horripilante y los lamentos en la playa?

El señor Staubmann asintió con la cabeza.

—Confieso que soy culpable. Las monedas y los trozos de tela eran míos. Había enterrado más cosas, pero por desgracia nadie las ha encontrado.

Entonces la señorita Rose se echó a reír. Se rió tanto que se atragantó.

La voz de Willi continuaba sonando sin parar en el radiocasete. Sardine se dirigió a los contenedores de basura y apagó el aparato. Cuando volvió, la señorita Rose seguía riéndose.

—¡Precisamente usted, Staubmann! —dijo—. ¡Precisamente usted!

—Sí. —El señor Staubmann puso cara de ofendido—. ¿Y qué?

—Una crueldad por su parte. —La señorita Rose se mordió los labios, rojos como el coral—. ¡Una crueldad por su parte que no me haya contado nada de todo esto!

En aquel momento el señor Staubmann parecía realmente desconcertado.

—Seguro que a mí se me habrían ocurrido unas estupendas ideas de fantasmas —dijo la señorita Rose—. Seguro. Estoy terriblemente ofendida. ¡Exijo una compensación!

Avergonzado, el señor Staubmann se pasó la mano por su ralo cabello.

—Pues no lo sé. Tal vez en el siguiente viaje escolar que hagamos juntos.

—No es un gran consuelo, pero bueno. —La señorita Rose asintió—. Se lo recordaré.

—¡Señor Staubmann! —exclamó Fred—. ¿Entonces es verdad que ese tal Jap Lornsen merodea por aquí? ¿O eso también se lo ha inventado usted?

—No, no, eso es verdad. —El señor Staubmann se tiró del lóbulo de la oreja—. Lo que pasa es que los acontecimientos ocurrieron al otro lado de la isla y yo los he ubicado aquí. Es lo que podría llamarse una licencia poética.

—Pero entonces, ¿en la otra parte de la isla —Wilma miró al señor Staubmann con los ojos como platos—, en la otra parte de la isla está el fantasma de verdad?

Los Pigmeos comenzaron a protestar.

—Déjalo ya, Wilma —dijo Sardine.

—Perdonad, ¿puedo preguntar —dijo el señor Staubmann mirando a su alrededor— quién me ha descubierto? ¿Las Gallinas o los Pigmeos?

—Todos —respondió Fred—. Ha sido entre todos.

—¿En serio? Interesante. —El señor Staubmann esbozó una sonrisa de profesor con gran satisfacción—. Sólo una pregunta más. ¿De quién era la espeluznante

voz que hemos oído? Supongo que no era la del viejo Lornsen, ¿no?

—Era de Willi —contestó Melanie—. ¿A qué le sale una voz terrorífica?

—Desde luego. —La señorita Rose miró a Willi con asombro—: Tienes un talento sorprendente.

—¡Qué va! —masculló Willi. Daba la impresión de que en aquel momento deseaba que se lo tragara la tierra.

—Sí, sí, absolutamente asombroso —insistió el señor Staubmann—. Tienes mucho más talento que yo. Deberíamos ficharte para el grupo de teatro del colegio.

—¿Y quién ha escrito el texto? —preguntó la señorita Rose.

—Sardine —respondió Wilma—. Ella lo escribió todo, nosotros conseguimos la llave de la discoteca...

—Sí, fue más fácil de lo que creíamos —la interrumpió Fred—. Es que pensamos que teníamos que preparar algo para esta noche.

—Sí, y entonces —prosiguió Wilma—, entonces grabamos encima de la cinta del señor Staubmann.

—Pues no son tan tontos como parecen —comentó alguien.

Sardine se volvió. Evidentemente, había sido Nora. Cuando se percató de que Sardine la estaba mirando, le hizo una mueca.

—Pues nada. —La señorita Rose dio unas palmadas—. Yo creo que va siendo hora de ver qué nos cuentan nuestras almohadas. ¿De acuerdo? Recordad que mañana tenemos que volver a subir en ese horrible barco.

—¡Oh, no! —protestó Trude—. ¿Por qué ha tenido que decirlo? Me acaba de estropear la última noche.

—¡Qué va! —le dijo Melanie, pasándole el brazo por los hombros—. Ahora mismo vamos a hacer que pienses en otras cosas. Ya lo verás.

Las Gallinas Locas no se fueron a dormir. Mientras Nora roncaba plácidamente en su cama, ellas cinco se sentaron en la cama de Sardine a comer golosinas y a contemplar el mar.

Habían abierto la ventana de par en par para disfrutar de la brisa marina por última vez. Cuando empezaron a tener frío, se acurrucaron todas juntas.

—Ojalá el tiempo se parara ahora mismo —dijo Trude en voz baja—. Durante una semana, más o menos.

Frida asintió con la cabeza.

—¿Sabéis lo que me imagino algunas veces? Que los momentos bonitos, como éste, deberían poder guardarse en un frasco de mermelada. Y así cuando uno estuviera triste, podría abrir la tapa y meter la nariz dentro un ratito.

—Sí —murmuró Sardine—. Habría que tener una estantería entera llena. Un frasco con los viajes de clase, otro con las Navidades, otro con sol, otro con nieve...

—Un frasco con las Gallinas Locas —la interrumpió Wilma.

Volvieron a quedarse en silencio contemplando el mar. El murmullo constante y lejano de las olas empezó a adormecerlas un poco.

Melanie fue la primera en bostezar, y apoyó la cabeza en el hombro de Trude.

—Ay —suspiró Trude—. Ahora no puedo dejar de pensar en que mañana tenemos que subir a ese horrible barco.

—Tú mantén los ojos fijos en el horizonte —murmuró Melanie—. Eso funciona. Te lo aseguro.

—¿Y tú? ¿Cómo mantuviste la vista fija en el horizonte mientras jugabas a las máquinas abajo? —preguntó Sardine soñolienta.

—Es verdad —se rió Melanie—. Pero tendría que funcionar. Me lo han dicho.

—¿Quién te lo ha dicho?

Melanie se apartó los rizos de la cara y volvió a bostezar.

—Fred y Willi.

—¡Uf! —exclamó Wilma, entornando la mirada—. Como para creérselo...

—¿Frida? —preguntó Melanie—. ¿Torte y tú ya salís juntos?

Pero Frida no dijo ni una palabra. Se había enroscado como un gatito entre las demás y se había quedado dormida.

—Uy, creo que tendremos que enviar a Wilma para que los espíe —dijo Sardine—. Si no, no nos enteraremos nunca.

Wilma cruzó los brazos, escandalizada.

—Eh, yo eso no lo hago. En serio, ni hablar.

—Vale, vale —dijo Sardine, dándole un empujoncito—. Sólo era una broma.

—¡Madre mía! —Melanie escuchó los ruidos procedentes de la cama de Nora—. ¿Estáis oyendo cómo ronca? Si algún día se casa, su marido tendrá que dormir con tapones.

—Bueno, tú hablas en sueños —dijo Sardine.

—¡Sí, claro! ¡Menuda tontería! —Avergonzada, Melanie se puso a juguetear con sus rizos—. Me estás tomando el pelo.

—¡Que no! ¡Que es verdad! —dijo Trude entre risas—. Yo también te he oído.

Melanie se puso roja como un tomate.

Sardine le pasó el brazo por los hombros.

—Lo malo es que no hemos conseguido entender lo que decías —le susurró al oído—. ¡Una pena!

—De todas formas se reía —dijo Trude.

—Pues tú, ¿sabes lo que haces? —le dijo Melanie—. Tú tiras del edredón hasta que te tapas la nariz y te asoman los pies por debajo. Y Sardine da tantas vueltas en la cama, que al final se queda casi destapada del todo con la gallina de peluche en la cara.

Estuvieron a punto de caerse de la cama de tanto reírse. Frida continuaba durmiendo plácidamente entre ellas.

—¿Y yo? —Wilma miró a las otras con curiosidad—. ¿Yo qué hago?

—¿Tú? —Sardine se puso de rodillas en la cama, hundió la cabeza en la almohada y levantó el trasero—. Esto es lo que haces tú.

—¡Ay, basta, parad ya! —A Melanie no le llegaba el aire de tanto reírse—. Es verdad, eso es lo que haces.

En aquel momento Frida se despertó y se frotó los ojos.

—¿De qué os reís? —preguntó en susurros—. ¿Es algo sobre mí?

—No, no —respondió Sardine—. Tú duermes normal. Como un gatito.

—Ah, vale, muy bien. —Frida volvió a cerrar los ojos y se acurrucó un poco más cerca de las demás—. Avisadme cuando lleguemos —murmuró—. Este dichoso barco se mueve un montón.

Aquello fue el no va más.

A Wilma le dio tal ataque de risa, que Melanie tuvo que cogerla en el último momento para que no se cayera.

—Se nos había olvidado eso —dijo Trude cuando por fin se tranquilizaron—. Un frasco de mermelada lleno de risas. Eso tampoco estaría mal.

—Vale, pero no metamos ningún chiste de Torte —advirtió Sardine.

—A los chicos los meteremos en un frasco separado —afirmó Melanie—. Para las ocasiones especiales.

—¡Ya basta! —protestó Trude y se frotó la boca—. Uf, ya me duelen los mofletes de tanto reírme.

—Yo una vez leí que una persona se murió de risa —dijo Wilma.

—¡Qué muerte más agradable! —Sardine abrazó su gallina de peluche, se arrimó a Frida todo lo que pudo y cerró los ojos—. Ha sido un viaje estupendo —murmuró—. Sólo espero que el señor Staubmann no lo estropee todo haciéndonos escribir una redacción sobre el viaje.

—Pues seguro que lo hace —dijo Melanie bostezando—. ¿Podéis cerrar alguna la ventana?

Pero ya se habían quedado todas dormidas. Frida y Sardine con la cabeza hacia un lado, Wilma y Trude hacia el otro.

Melanie bajó entonces de la cama bostezando, llegó a tientas hasta la ventana, contempló durante un largo instante el mar por última vez y se deslizó de nuevo hasta la cama con las demás. Todavía fue capaz de encontrar un huequecito diminuto, con los pies de Trude en la nariz y el codo de Sardine en la espalda. Pero aun así, se quedó dormida al instante.